AF497674

VICTOR HUGO

—

DERNIÈRE

GERBE

I

AVANT L'EXIL

BILLET A CHARLES NODIER

EN RECEVANT
LE ROI DE BOHÊME ET SES SEPT CHATEAUX
PENDANT LES RÉPÉTITIONS D'*HERNANI*

Je l'ai lu, ton beau poëme.
Tes sept châteaux dé Bohême !
C'est un legs rare et suprême
Que tu tiens, en fils pieux,
D'Yorick qui l'eut de son père
Rabelais bâtard d'Homère,
Lequel était fils des Dieux.
C'est là, Nodier, ta famille
Moi, j'édifie en Castille
Une bien frêle bastille
Que bientôt fera plier
Le peuple au front de bélier.
Mais, qu'*Hernani* tienne ou croule,
Qv'importe à tes sept donjons,
Qr'en vain viendront battre en foule
Maintes ailes de pigeons !
Ils vivront. Leur garde est forte,
Ta gloire veille à leur porte.

Quoi donc ! il me vient de toi,
Ce livre charmant que j'aime !
Quoi ! sept châteaux de Bohême !
Don de poëte ou de roi !
En échange, t'offrirai-je
Ma tour qu'un parterre assiège ?
Hélas, pour tes sept châteaux
Qui, du front de leurs coteaux,
Dominent sur la campagne,
Moi, dont l'odelle est l'aïeul,
Je ne t'en promets qu'un seul.
Encore est-il en Espagne !

Octobre 1829

A UN HISTORIEN POETE [*]

Ami, tu m'es présent en cette solitude.
Quand le ciel, mon problème, et l'homme, mon étude,
Quand le travail, ce maître auguste et sérieux,
Quand les songes sereins, profonds, impérieux,
Qui tiennent jour et nuit ma pensée en extase,
Me laissent, dans cette ombre où Dieu souffle et m'embrase,
Un instant dont je puis faire ce que je veux,
Je me tourne vers toi, penseur aux blancs cheveux,
Vers toi, l'homme qu'on aime et l'homme qu'on révère,
Poëte souriant, historien sévère !
Je repasse, bonheur pourtant bien incomplet,
Par tous les doux sentiers d'un souvenir qui plaît.
Ton Henri, ton fils Pierre, ami de mon fils Charles,
Et ta femme, ange heureux qui rêve quand tu parles,
Je me rappelle tout, ton salon, tes discours,
Et nos longs entretiens qui font les soirs si courts,
Ton vénérable amour, que jamais rien n'émousse,
Pour toute belle chose et toute chose douce.
Maint poëme charmant que nous disait ta voix
M'apparaît... Mon esprit, admirant à la fois
Tant de jours sur ton front, tant de grâce en ton style,
Croit voir un patriarche au milieu d'une idylle.

Ainsi tu n'es jamais loin de mon âme, et puis
Tout me parle de toi dans ces champs où je suis ;
Je compare, en mon cœur que ton ombre accompagne,
Ta verte poésie et la fraîche campagne ;
Je t'évoque partout ; il me semble souvent
Que je vais te trouver dans quelque coin rêvant,
Et que, dans le bois sombre ouvrant ses ailes blanches,
Ton vers jeune et vivant chante au milieu des branches
Je m'attends à te voir sous un arbre endormi.
Je dis : où donc est-il ? et je m'écrie : — Ami,

[*] Charles Lacretelle.

L'air murmure : — Il est mort ! il est mort ! à genoux !
Celui qui disait : Moi ! celui qui disait : Nous !
Le maître ! le héros ! la majesté sacrée !
L'élu ! l'homme qui règne, ombre de Dieu qui crée !
Il est au ciel, l'heureux, le superbe, le fort !
Il fut grand dans la vie, il est grand dans la mort ! —

Et les foules en deuil se hâtent accourues,
Et les lourds pots-à-feu flambent le long des rues,
Et le royal convoi passe. Vingt escadrons
Ouvrent la marche ; on voit venir dans les clairons
Une espèce de tombe éblouissante et fière,
Un grand sépulcre trône inondé de lumière,
Un cénotaphe immense aux panaches mouvants
Qui roule et resplendit, secouant dans les vents
L'orgueil, l'encens, la myrrhe, et, comme des crinières,
Les flammes d'or, les plis de pourpre, les bannières.
Le corbillard étale au peuple émerveillé
Toute la gloire humaine, un manteau constellé,
Une couronne, un sceptre, une épée, — un cadavre.
Et la grande cité que son veuvage navre,
Et, tout autour, les champs, les hameaux, les faubourgs
Ne sont qu'une rumeur de pas et de tambours.

Écoutez maintenant.

    O vertige ! peut-être,
Pendant qu'on dit : — C'est lui ! c'est le roi ! c'est le maître !
Celui que Dieu servait dans ce qu'il entreprit ! —
Il vient de s'éveiller, morne et sinistre esprit,
Dans un des noirs chevaux de l'attelage sombre
Qui tirent ce grand char de triomphe vers l'ombre.

Frissonnant, il bégaie : Où suis-je ? Il se souvient.
Il sent derrière lui son cadavre qui vient ;
De ses portes de marbre il voit s'arrondir l'arche ;
Il connaît le valet de pied qui lui dit : marche !
Il veut crier : C'est moi ! le maître ! Il ne le peut ;
La mort le tient muet sous son terrible nœud.
Sous sa nouvelle forme effroyable, il tressaille ;
Et tout en traversant son Louvre, son Versaille,
Son Kremlin, son Windsor ou son Escurial,
Couverts de ses blasons : lys, aigle impérial,
Savoie, Espagne, Autriche, ou Lorraine, ou Bourgogne,
Son cocher le fustige au nom de sa charogne.

Misérable, il est pris dans la bête au pas lent.
Ce qu'il a d'éternel en lui, puni, tremblant,
S'attelle à ce qui va rentrer dans la nature ;
Son immortalité traîne sa pourriture ;
Terreur ! terreur ! tandis que son nom dans l'azur
Brille, et qu'on voit son chiffre à tous les coins de mur
Porté par un génie ou par une victoire ;
Tandis qu'auguste et beau, s'ouvrant à cette gloire
Comme s'ouvre au soleil le portique du soir,
Tout Saint-Denis n'est plus qu'un sarcophage noir
Si vaste qu'on dirait qu'on a fait, sous ses porches,

Avec ses millions d'étoiles et de torches,
Entrer toute la nuit pour en faire du deuil ;
Pendant que les drapeaux adorent son cercueil,
Pendant qu'un Bossuet quelconque le célèbre,
Et l'appelle, du haut de l'oraison funèbre,
Bon, juste, glorieux, grand comme l'univers,
Son âme sous le fouet porte son corps aux vers.

————

Surpris par un mari, lorsqu'une nuit, Horace
S'enfuit, en laissant choir ses grègues sur sa trace,
Et conte l'aventure à son valet-mignon
Dans des vers que Boileau lisait à Lamoignon,
Il ne se doute pas, en riant avec Dave,
Lui, le sage, qui traite en ami son esclave
Et qui parle en égal à Jupiter tonnant,
Il ne se doute pas qu'il touche en badinant
Au problème insondé de l'homme et de la femme ;
Qu'il est des droits profonds que l'avenir réclame ;
Que tout marche, et qu'un jour l'inquiet genre humain,
Mettant dans l'amour-vrai le légitime hymen,
Osera secouer la vieille chaîne noire
Du cœur, libre d'aimer comme l'esprit de croire.

————

DU HAUT DES MONTAGNES

Voici les Apennins, les Alpes et les Andes.
Tais-toi, passant, devant ces visions si grandes.
Silence, homme ! histrion ! Les monts contemplent Dieu.
Ils regardent, penchés au bord du gouffre bleu,
Comme des spectateurs sur un gradin sublime,
Le drame formidable et sombre de l'abîme,
L'entrée et la sortie étrange de la nuit,
Ces personnages noirs, le vent, l'éclair, le bruit,
La comète, ange obscur dont vous voyez le glaive,
Le rideau de l'azur qui pour le jour se lève,
Les chutes, les terreurs, les chocs, les dénouements
Des mondes engloutis dans les chaos fumants,
Et les astres masqués, et les apocalypses
Des grands spectres du ciel, des aubes, des éclipses
Pour eux, ce que la terre et ses fantômes font
N'est qu'un peu de fumée et dans l'ombre se fond ;
Pour eux, l'homme n'est pas, un peuple s'évapore.
De la lave éternelle effrayant madrépore,
Vésuve ignore Naple ; Etna qu'un feu détruit
Ne connaît pas Messine et parle avec la nuit ;

Olympe ne voit pas Athènes ; pour Soracte
Des grandeurs de là-haut Rome n'est que l'entr'acte ;
Balkan, sans voir Stamboul, chante son noir salem ;
Sina voit l'infini, mais non Jérusalem.

———

Ame que j'ai trouvée ainsi qu'un diamant !
O noble esprit, jaloux, chaste, superbe, aimant !
Vous que l'amour fait reine et la beauté déesse,
Qui souffrez cependant et qui doutez sans cesse,
Qui vous cachez, plaintive et cruelle à la fois,
Et, comme les lions, fuyez au fond des bois,
Madame, en même temps si charmante et si rude !
Oh ! si des profondeurs de votre solitude,
De ces vastes forêts où vous songez en vain,
Votre regard pensif, défiant et divin,
Pouvait comme un rayon pénétrer dans mon âme,
Si vous la pouviez voir telle qu'elle est, madame,
Dieu le sait, ô bel ange à qui manque la foi,
Tu ne trouverais rien dans cette ombre que toi !
Que toi, toujours bénie et toujours adorée,
Ton image, d'amour et d'orgueil entourée,
Ton nom, ton souvenir vivant, sacré, vainqueur,
Et mon cœur sombre et doux brisé par ton grand cœur !

46 mars.

———

— Doux ami, quand j'aurai quitté la chair mortelle,
Ne me fais remplacer par personne, dit-elle.
Pas d'autre amour ! — Et, grave, elle ajouta ce mot,
Les yeux levés au ciel : Car j'en mourrais là-haut.

———

Vent du soir ! dont le vol nous courbe tous ensemble,
Respecte le blé d'or plein des rayons du jour,
Respecte tous les cœurs où quelque flamme tremble,
Mais jette où tu voudras, emporte où bon te semble
La paille sans épi, la femme sans amour !

———

BABEL

Babel est tout au fond du paysage horrible.

Si l'épouvante était une chose visible,
Elle ressemblerait à ce faîte inouï,
Sommet démesuré dans le ciel enfoui.
Ce n'est pas une tour, c'est le monstre édifice.
Sans pouvoir l'éclairer, le jour sur elle glisse.
Des ouvertures d'ombre engouffrent dans ses flancs
Tous les vents de l'espace orageux et sifflants ;
Il en sort on ne sait quelles sombres huées,
Sa spirale difforme et mêlée aux nuées
Peut-être y recommence et peut-être y finit.
L'ouragan a rongé ses porches de granit ;
Son mur est crevassé du haut en bas ; la brèche
Est comme un trou que fait dans la terre une bêche ;
Ses rampes ont des blocs de roches pour pavés ;
Sur ses escarpements lugubres sont gravés
Des masques, des trépieds, des gnomons, des clepsydres ;
Ses antres, assez grands pour contenir des hydres,
Semblent de loin la fente où se cache l'aspic ;
Sur les reliefs brumeux de ses parois à pic
Des forêts ont poussé comme des touffes d'herbes ;
Ses faisceaux d'arc rompus sont pareils à des gerbes,
La pierre a la pâleur sinistre du linceul.

Babel voulait monter jusqu'au zénith ; Dieu seul
A son ascension pouvait mettre une borne.

On frémit d'entrevoir son intérieur morne ;
Il est si noir qu'un astre y serait à tâtons ;
Des chutes de muraille ont, entre les frontons,
Creusé des profondeurs qui font inaccessibles
D'affreux colosses, pris par la foudre pour cibles.
Le seuil porte deux tours qui sont deux chandeliers.
Ce spectre est loin. Un dôme, un chaos d'escaliers,
Des terrasses, des ponts, prennent vaguement forme
Dans ce blêmissement d'architecture énorme
Montant confusément derrière l'horizon.
Et comme on voit, au bord du toit d'une maison
S'abattre, à la saison des fleurs, à tire-d'aile,
Les pigeons au pied rose et la vive hirondelle,
Sur son entablement funèbre aux trous profonds,
Viennent du fond du ciel se poser les griffons,
Les hippogriffes noirs, les sphinx volants des rêves
Dont les plumes sans pli ressemblent à des glaives,
Le dragon, sous son ventre étouffant des éclairs,
L'aigle d'apocalypse, et les larves des airs,
Et les blancs séraphins, qu'une aile immense voile,
Farouches, arrivant fatigués d'une étoile.

———

LE RIDEAU

Ce monde, fête ou deuil, palais ou galetas,
Est chimérique, faux, ondoyant, plein d'un tas
De spectres vains, qu'on nomme Amour, Orgueil, Envie.
L'immense ciel bleu pend, tiré sur l'autre vie.
Le vrai drame, où déjà nos cœurs sont rattachés,
Les personnages vrais, hélas ! nous sont cachés
Par ce ciel, dont la mort est le noir machiniste.
Le sage sur le sort s'accoude, calme et triste,
Content d'un peu de pain et d'une goutte d'eau,
Et, pensif, il attend le lever du rideau.

———

Le prophète et le poëte
Affirment l'être au néant ;
La terre écoute, inquiète,
Cet archange et ce géant ;
La foule aux vils dialogues,
Ce tas de loups et de dogues
Qui rôde sous le ciel bleu,
Tout ce noir troupeau qui nie
Aboie après le génie
Interlocuteur de Dieu !

Toute la sombre cohue
Des errants et des vivants
Craint les penseurs ; elle hue
Ces grands fronts, battus des vents ;
Elle s'écrie en sa haine :
« D'où vient qu'ils n'ont pas de chaîne,
Et planent quand nous fuyons ?
D'où vient que leurs cœurs flamboient ?
Qu'est-ce donc que leurs yeux voient
Pour avoir tant de rayons ? »

Quand les grands aigles fidèles
Dans l'âpre nuit sans amour
Vont, donnant de fiers coups d'ailes
Du côté du point du jour,
L'ombre aveugle, l'ombre athée,
Invective, épouvantée,
Ces passants à l'œil vermeil
Qui troublent sa solitude
Avec leur vieille habitude
De regarder le soleil.

———

Il faut que le poëte, en sa dignité sainte,
Comme un dieu boit le fiel sache boire l'absinthe,
Et, laboureur pensif sur son sillon courbé,
Qu'il marche gravement par son œuvre absorbé,
Oubliant les frelons dont l'essaim l'environne,
Et les insectes noirs qui mordent sa couronne.

———

Vous n'êtes pas sensible à la prose, jeune homme ?
Il vous faut le vers. Soit. L'art s'accommode en somme
De la prose aussi bien que du vers, et Pascal
Vaut Corneille. Pourtant le vers, pontifical,
Monte dans plus d'azur et sur un plus haut faîte,
Et le penseur en prose, en vers devient prophète.
Donc préférons le vers. C'est un plus fier démon.
Mais la prose, Tacite, Arouet, Saint-Simon,
Est plus humaine étant moins divine, et, superbe,
Est la Parole, alors que la strophe est le Verbe.

———

LE DROIT DE L'ANIMAL

Oui, l'homme est responsable et rendra compte un jour.

Sur cette terre où l'ombre et l'aurore ont leur tour,
Sois l'intendant de Dieu, mais l'intendant honnête.
Tremble de tout abus de pouvoir sur la bête.
Te figures-tu donc être un tel but final
Que tu puisses sans peur devenir infernal,
Vorace, sensuel, voluptueux, féroce,
Échiner le baudet, exténuer la rosse,
En lui crevant les yeux engraisser l'ortolan
Et massacrer les bois trois ou quatre fois l'an ?
Ce gai chasseur, armant son fusil ou son piège,
Confine à l'assassin et touche au sacrilège.
Penser, voilà ton but ; vivre, voilà ton droit.
Tuer pour jouir, non. Crois-tu donc que ce soit
Pour donner meilleur goût à la caille rôtie
Que le soleil ajoute une aigrette à l'ortie,
Peint la mûre, ou rougit la graine du sorbier ?

Dieu qui fait les oiseaux ne fait pas le gibier.

———

LES DEGRÉS DE L'ÉCHELLE

Le sort s'est acharné sur cette créature.
C'était peu que cet être eût la prunelle obscure,
L'œil éteint, le front bas, le cri rauque, et des nœuds
D'opprobre et de misère à ses genoux cagneux,
Qu'il fût difforme, abject, vil ; il fallait encore
Que, battu, fouetté, maigre, et marchant dès l'aurore
Sous un fardeau trop lourd pour sa force, il courbât
Son échine saignante aux boucles de son bât.

Et cependant l'ortie, à ses pieds, sur la route,
Liée au sol tandis qu'il va, vient, passe et broute,
Muette, ne pouvant fuir ni changer de lieu,
Tremblante sous la dent de l'âne, le croit dieu.
Et plus bas, car la brume a la nuit pour voisine,
Seul dans la terre aveugle et noire, sans racine,
Sans germe, sans lien avec quoi que ce soit,
Le caillou, sourd, stérile, informe, inerte, froid,
Sent au-dessus de lui la plante frémir, vivre,
Fleurir dans la clarté dont l'infini s'enivre,
Et croître, et s'abreuver au souffle universel,
Et, dur, triste, envieux, dit : L'ortie est au ciel !

Descends ; tu trouveras des jaloux de la pierre.
Les zones sont sans fin dans cette fondrière !

*

Monte, monte aussi haut que peut s'élever l'œil.
Où l'azur t'apparaît, tu trouveras le deuil.

Vois : ce génie ayant pour épouse la grâce,
Cet être à qui la femme en souriant s'enlace,
Cet élu de la force et de la majesté,
Par l'aigle et le lion à peine contesté,
Ce front craint des serpents qui rampent sur leurs ventres,
Cet éblouissement des bêtes dans les antres,
Ce souverain de l'eau, de la terre et du feu,
Grand, fier, obéissant pourtant à son milieu,
Pris par la pesanteur, loi de sa sphère, et chaîne
De son globe qui passe avec un bruit de haine,
L'homme, avec ses besoins de la chair et des sens,
Avec ses appétits du fumier renaissants,
De la honte secrète incurable piqûre,
Rappel perpétuel à la bassesse obscure,
Avec son sang fatal, âcre et noir, dont ses mœurs,
Ses croyances, ses dieux, ses lois sont les tumeurs,
Avec le doute affreux que son regard reflète,
Et ses fièvres, ses maux, ses pleurs, et son squelette,

Spectre qui vaguement se dessine à son flanc,
Et son vil alambic d'entrailles distillant
Le cloaque, et, hideux, souillant même la fange,
L'homme, roi pour la brute, est un forçat pour l'ange

De là, toutes vos soifs d'idéal et de beau,
Et l'aspiration des justes au tombeau.

Et l'ange, ce gardien des races planétaires,
Lumineux visiteur de lunes et de terres,
Comme vous d'une terre, habitant d'un soleil,
Ayant pour vol l'éclair de son rayon vermeil,
Pour domaine l'azur qu'il échauffe, et pour borne
Le point où ce rayon s'éteint dans l'éther morne,
L'ange, errant dans vos cieux comme dans une mer,
Est lui-même la nuit, l'inférieur, l'enfer,
Pour l'immense archange ivre et ruisselant d'aurore
Espèce d'aigmonet   d'oiseau météore !

———

Tout est doux et clément ! astres ou feux de pâtres,
Tout ce que nous suivons de nos yeux idolâtres
                Tient de Dieu sa clarté.
Il est dans les soleils comme il est dans les roses.
L'atome est plein de gloire, et les plus grandes choses
                Sont pleines de bonté.

Ainsi l'étoile d'or, cette splendeur suprême,
Ne se contente pas de faire voir Dieu même
                A l'œil du genre humain,
Elle prend en pitié la nacelle qui flotte,
Se fait humble, et d'en haut souriant au pilote
                Lui montre son chemin.

———

Vous avez, madame, une grâce exquise,
Une douceur noble, un bel enjouement,
Un regard céleste, un bonnet charmant,
L'air d'une déesse et d'une marquise.

Vos attraits piquants, fiers et singuliers,
Dignes des Circés, dignes des Armides,
Font lever les yeux même aux plus timides
Et baisser le ton aux plus familiers.

La nuit, quand je vois, dans les cieux sans voiles,
Les étoiles d'or, mon cœur songe à vous ;

Le jour, jeune belle aux regards si doux,
Lorsque je vous vois, je songe aux étoiles.

20 septembre 1844.

———

SOIR D'AVRIL

C'était la première soirée
    Du mois d'avril.
Je m'en souviens, mon adorée ;
    T'en souvient-il ?

Nous errions dans la ville immense,
    Tous deux, sans bruit,
A l'heure où le repos commence
    Avec la nuit.

Heure calme, charmante, austère,
    Où le soir naît.
Dans cet ineffable mystère
    Tout rayonnait,

Tout ! l'amour dans tes yeux sans voile,
    Fiers, ingénus ;
Aux vitres mainte pauvre étoile,
    Au ciel Vénus.

Notre-Dame, parmi les dômes
    Des vieux faubourgs,
Dressait comme deux grands fantômes
    Ses grandes tours.

La Seine, découpant les ombres
    En angles noirs,
Faisait luire sous les ponts sombres
    De clairs miroirs.

L'œil voyait sur la plage amie
    Briller ses eaux
Comme une couleuvre endormie
    Dans les roseaux.

Et les passants, le long des grèves
    Où l'onde fuit,
Étaient vagues comme les rêves
    Qu'on a la nuit.

Je te disais : — Clartés bénies,
    Bruits lents et doux,
Dieu met toutes les harmonies
    Autour de nous.

Aube qui luit, soir qui flamboie,
    Tout a son tour ;
Et j'ai l'âme pleine de joie,
    O mon amour !

Que m'importe que la nuit tombe,
    Et rende ô Dieu !
Semblable au plafond d'une tombe
    Le beau ciel bleu !

Que m'importe que Paris dorme,
    Ivre d'oubli,
Dans la brume épaisse et sans forme
    Enseveli !

Que m'importe, aux heures nocturnes
    Où nous errons,
Les ombres qui versent leurs urnes,
    Sur tous les fronts,

Et, noyant de leurs plis funèbres
    L'âme et le corps,
Font les vivants dans les ténèbres
    Pareils aux morts !

Moi, lorsque tout subit l'empire
    Du noir sommeil,
J'ai ton regard, j'ai ton sourire,
    J'ai le soleil ! —

Je te parlais, ma bien-aimée,
    O doux instants !
Ta main pressait ma main charmée.
    Puis, bien longtemps,

Nous nous regardions pleins de flamme,
    Silencieux,
Et l'âme répondait à l'âme,
    Les yeux aux yeux.

Sous tes cils une larme obscure
    Brillait parfois ;
Puis ta voix parlait, tendre et pure,
    Après ma voix,

Comme on entend dans la coupole
    Un double écho ;
Comme après un oiseau s'envole
    Un autre oiseau.

Tu disais : « Je suis calme et fière
    Je t'aime ! oui ! »
Et je rêvais à ta lumière
    Tout ébloui.

Oh ! ce fut une heure sacrée,
    T'en souvient-il ?

Que cette première soirée
Du mois d'avril !

*

Tout en disant toutes les choses,
Tous les discours
Qu'on dit dans la saison des roses
Et des amours,

Nous allions, contemplant dans l'onde
Et dans l'azur
Cette lune qui jette au monde
Son rayon pur,

Et qui, d'en haut, sereine comme
Un front dormant,
Regarde le bonheur de l'homme
Si doucement.

Tu disais : — O soleils sans nombre !
Nuit ! ciel en feu !
Dans vos clartés et dans votre ombre,
Tout monte à Dieu.

Rien ne se perd. Cendre, étincelle,
Ramier, vautour,
Le moindre battement d'une aile
Ou d'un amour,

Le chant du nid qui, sous la feuille,
Va s'assoupir,
Du cœur pensif qui se recueille
Chaque soupir,

Les rêves de l'âme enivrée,
Du front qui bout,
La nature immense et sacrée
Retrouve tout.

Car tout suit sa loi grave et douce ;
Tout à la fois ;
L'herbe verdit, la branche pousse
Au fond des bois ;

La nuit endort les champs, la foule,
Les mers, les monts ;
Le vent fuit, l'astre luit, l'eau coule,
Et nous aimons.

Nous aimons parce que nous sommes !
C'est notre vœu !
Aimer, c'est vivre loin des hommes
Et près de Dieu ;

C'est s'ouvrir à la clarté pure,
Comme la fleur ;
C'est sentir toute la nature
Vivre en son cœur ;

C'est accomplir le code auguste
D'Éden naissant
Que suivait devant le ciel juste
L'homme innocent.

Soyons heureux, ô toi que j'aime !
Bravons le sort !
Car, seuls à cette heure suprême,
Seuls quand tout dort,

Dédaignant d'un monde où tout tremble
Les bonheurs vains,
Sûrs d'être en paix avec l'ensemble
Des faits divins,

Comme en un temple où l'ombre rampe
Devant nos pas,
On suit la lueur d'une lampe
Qu'on ne voit pas,

Nous sentons sur notre âme fière,
Tout en rêvant,
L'œil sans sommeil, l'œil sans paupière
Du Dieu vivant.

Va, dans mon cœur rien ne chancelle.
Sois mon époux.
La conscience universelle
Est avec nous.

Donnons-nous à l'amour ! — Écoute,
Soupirs, concerts,
Pervenche du bord de la route,
Perle des mers,

La mousse, en avril epaissie,
Des bois dormants,
Les sourires, la poésie,
Les pleurs charmants,

Le bleu du ciel, le vert de l'onde,
L'éclat du jour,
Les belles choses de ce monde
Sont à l'amour.

C'est l'amour qui tient toute chose,
Et fait, d'un mot,
Épanouir ici la rose,
L'astre là-haut.

C'est lui qui veut qu'on ne commande
Qu'à deux genoux ;

C'est lui qui fait la femme grande
Et l'homme doux ! —

Ainsi tu parlais, et sans doute,
Dieu t'inspirait ;
Car j'écoutais comme on écoute
Dans la forêt

Quand Dieu se mêle à la nature,
Au bruit des vents,
Quand il parle dans le murmure
Des bois vivants.

Août 1844.

- - -

Oh ! l'amour est pareil aux perles de rosée
Qui brillent aux feuilles des fleurs,
Et qui, sur la corolle au soleil exposée,
Scintillent de mille couleurs.

N'approchez pas vos yeux, que tant de splendeur charme,
De cette goutte d'eau qui reluit un moment.
De près, ce n'est plus qu'une larme ;
De loin, c'était un diamant !

- - -

Quand je veux savoir vos douleurs secrètes,
Vous dites, ô belle aux yeux adorés :
— Je ne puis sortir des lieux où vous êtes ;
Vous êtes mon maître ! — Et puis vous pleurez.

Et vous reprenez : — Quoi ! sans récompense
Mes jours près de vous s'usent à souffrir !
Je veux vous quitter ; mais, lorsque j'y pense,
Je ne sais pourquoi je me sens mourir ! —

Le même esclavage, ô belle, est le nôtre ;
De vous jusqu'à moi la chaîne revient ;
Nous ne sommes pas libres l'un ni l'autre ;
Je vous tiens, madame, et le sort me tient.

Vous êtes à bord, et je suis la barque.
Oui, comprends-moi bien, mes discours sont vrais ;
Cet homme qui t'aime, esclave et monarque,
Est un dur navire aux sombres agrès ;

Il emporte au loin votre cœur, votre âme ;
Il est emporté par le gouffre amer !

Vous ne pouvez pas en sortir, madame,
Et lui ne peut pas sortir de la mer !

Il subit l'autan, le nord, l'hiver, l'onde ;
Souvent sur l'écueil on le croit perdu ;
L'eau s'en joue, et, quand la tempête gronde,
Dans l'orage noir il passe éperdu.

Il lutte ; les vents n'épargnent personne ;
En se rappelant maint naufrage ancien,
Sur les vastes mers il flotte, il frissonne...
Il est votre maître et n'est pas le sien.

11 novembre 1847.

- - -

A UNE STATUE

Non, tu n'es pas la grande et sainte République !
Celle que l'homme attend, que l'évangile explique,
Qui se composera de tous les bons instincts
Allumés et vivants, et des mauvais, éteints ;
Qui s'enveloppera d'une paix magnifique,
Fera sortir des cœurs un hymne séraphique,
Pénétrera les lois de lumière et de jour,
En ôtera la mort pour y mettre l'amour,
Fera, sur les versants même les plus contraires,
Libres tous les esprits et tous les peuples frères,
Nous réchauffera tous autour du même feu,
Sera sur tous les fronts comme un ciel toujours bleu,
Et qui, comme si Dieu, dans sa bonté profonde,
Rendait visible aux yeux la grande âme du monde,
Mettra, vaste et sublime épanouissement,
Toute l'humanité dans son rayonnement.

Tu n'es pas même, non, tu n'es pas la déesse,
La déesse terrible, étrange, vengeresse,
Qui tua le vieux monde et créa le nouveau,
Broya peuples et rois sous son fatal niveau,
Vainquit l'Europe armée, et qui, dans la fournaise,
Après quatrevingt-neuf jeta quatrevingt-treize,
Comme en son moule ardent le fondeur souverain
Mêle le plomb à l'or quand il fait de l'airain.

Non, tu n'es pas la grande et sainte République !
O fantôme à l'œil louche, à l'attitude oblique,
Tu n'as pas su donner l'honneur à nos drapeaux,
Au peuple le travail, au pays le repos ;
Tu n'as point reconnu le droit des misérables ;
Tu n'as point su toucher à leurs maux vénérables !
Tu pouvais, en suivant un élan immortel,
De l'échafaud brisé te bâtir un autel.

Et tu ne l'as point fait. Tu n'as rien su comprendre
Au peuple qui, pour être heureux, superbe et tendre,
Ne veut qu'un peu de gloire avec un peu de pain.
Tu n'as, comme les rois, qu'un tréteau de sapin.
Fille des courts instants et des heures troublées,
Éclose au dur cerveau des sombres assemblées,
Tu troublas les palais sans calmer les greniers ;
Tu n'as pas eu pitié des pauvres prisonniers ;
Des sourds t'ont dit : entends ! des boiteux t'ont dit : marche !
La patrie est un temple et tu n'en es point l'arche ;
Car l'éclair d'en haut manque à ton code impuissant,
Car Dieu n'est pas visible où le peuple est absent !

12 novembre 1846.

LA VIPÈRE

Oh ! je t'emporterai si haut dans les nuées,
Vipère, que la tourbe où la nuit t'engendra,

La plaine et le marais, les cris et les huées,
Les voix, les pas, le bruit, tout s'évanouira.

Je briserai tes dents dans ta bouche, ô vipère !
En vain tu te tordras, reptile épouvanté,
En vain tu te tordras, cherchant des yeux la terre.
Tu ne verras plus rien qu'une immense clarté ;

Rien que le ciel profond, éternel, immobile,
Que les êtres créés sentent au-dessus d'eux
Et qui, dans sa splendeur implacable et tranquille,
Pèse de toutes parts sur les monstres hideux.

Et ce ne sera pas, pour l'oiseau dans la nue,
Un médiocre effroi de voir cet être impur,
Cette chose difforme au soleil inconnue,
Qui, faite pour la fange, expire dans l'azur.

Si ceux qui t'admiraient — car, vipère, on t'admire, —
Te cherchent au cloaque où tu crois t'abriter,
Il sortira de l'ombre une voix pour leur dire :
Un aigle a passé là qui vient de l'emporter.

II

PENDANT L'EXIL

LA TERRE DE L'EAU

Juillet-Août 1861.

Ce que j'ai sous les yeux et quel est ce pays,
Jugez-en :

        Des terrains par la vase envahis,
Des saules, des carrés de chanvre, des passages
De voiles couleur d'ocre au fond des paysages,
Des chariots à foin peints, sculptés et dorés,
Des bois, et la senteur immense des grands prés;
Des essaims que la nuit même ne fait pas taire;
Des canaux à pleins bords coulant à fleur de terre;
De frais enfants à qui l'on jette de gros sous;
Des massifs d'arbres verts; l'eau s'enfonce dessous.
L'amarre pend, le jonc fléchit, le roseau plie,
Et la nature est molle à ce point qu'on oublie
Utrecht et ses tocsins, Ruyter et ses combats,
Et Delft ensanglantée, et qu'Amsterdam là-bas
Montre au pâle Océan ce que c'est que Venise.
La charrue est si près du mât qu'on fraternise;
L'aviron parle au soc et lui dit : Travaillons.
L'heure en prenant son vol rit dans les carillons;
Chaque beffroi secoue une grappe de cloches;
D'instant en instant passe, avec ses larges poches,
Un vieux coche d'osier sous sa coiffe de cuir;
De grands oiseaux de lacs et d'étangs qu'on voit fuir,
Ont les plumes du bout des ailes espacées,
Et l'on dirait des mains ouvertes et dressées.
Le houleux Zuyderzée est jaune à l'horizon.

Les villes sur leur porte ont un grand écusson;
Jadis leur liberté blasonna leur richesse;
Rotterdam est marquise, Amsterdam est duchesse;
Ce qui n'empêche pas ces cités et ces champs,
Et tous ces blasons, d'être en somme des marchands,
Et d'avoir à Ceylan, au Brésil, en Syrie,

Des comptoirs où se tient debout leur seigneurie.
Pays riche, pays joyeux; les gras troupeaux,
L'herbe, l'homme, l'oiseau, le travail, le repos,
Tout rit; les paradis succèdent aux cocagnes;
Le Rhin, ce noir seigneur descendu des montagnes,
N'est plus qu'un bon bourgeois qui se retire aux champs;
L'humble fumée éparse autour des toits penchants
Rampe et monte à travers les frênes et les ormes;
Et d'effrayants moulins aux vastes plates-formes,
Qui tournent éperdus et sombres dans le vent
Avec on ne sait quoi d'énorme et de vivant,
Frappant l'espace avec leurs bras de sauterelles,
Mêlent l'azur, la nue et l'ombre à leurs quatre ailes

A coup sûr ces géants, ces pourfendeurs de l'air,
Toujours enveloppés par un quadruple éclair,
Feraient mettre en arrêt la lance à don Quichotte.

Dans la cuve au houblon Gouda vide sa hotte;
Telle ville a son lait, telle autre ses fraisiers;
Telle autre sa balance à peser les sorciers.
On vogue; on reconnaît les cantons catholiques
Aux mendiants pieds nus qui baisent des reliques;
Car la châsse est dorée aux dépens des sillons;
La madone à bijoux fait la femme en haillons.
Le taillis noyé semble un miroir sous des branches;
Des marmots blonds, mordant leur pain aux larges tranches,
Regardent les bateaux dans le canal glisser.
La langue, c'est l'étang; on entend coasser
Dans le mot la consonne, et dans l'eau la grenouille.
A travers une vitre on voit une quenouille;
C'est l'aïeule au front blanc qui guette et se tapit.

L'eau, qui devrait courir, est barrée, et croupit;
On cultive le miasme, on récolte le goître;
L'affreux tabac pullule où le blé devrait croître;
Dieu fait l'endroit du monde et l'homme en fait l'envers.
L'église est jaune, l'orgue est bleu, les murs sont verts;

3

Ce pays est repeint par l'homme à la détrempe ;
On peint le toit, le seuil, l'escalier et la rampe ;
L'arbre peut-être est peint ; la grue et le pigeon
Volent, de peur d'avoir leur part du badigeon.
Un démon gouailleur souffle en ces joncs fantasques.
Les meuniers ont des tours, les femmes ont des casques,
Les enfants ont leur pipe avant d'avoir leurs dents.

Où donc as-tu trouvé ton soleil, ô Jordaëns ?
Ce pauvre soleil gris que le brouillard fait fondre,
Et qui ne serait pas même accepté par Londre,
Clignote, et ses longs jets de lumière blafards
Entrent dans l'eau rayons et sortent nénuphars.
Les jardins, côtoyés sans bruit par le pilote,
Sont pleins de dieux mouillés, et l'Olympe y grelotte.
Virgile frémissait de voir l'airain suer,
On tremble ici de voir le marbre éternuer,
Et l'on serait tenté d'emmailloter Pomone,
D'offrir un châle à Flore, et de faire l'aumône
D'un rayon de soleil à Phébus enrhumé.
Ici le plein midi craint le grand jour ; en mai
On a novembre ; avril meurt de froid ; juin s'embourbe,
Et juillet en toussant souffle le feu de tourbe.

Mais qu'importe ! le rire est roi dans la maison ;
L'âtre est gai. Bon visage à mauvaise saison.
Le brouillard blême emplit les champs ; mais la kermesse
N'en fait pas moins, après le prêche, après la messe,
Tournoyer, jupe au vent, Goton dont le jarret,
Par moments entrevu, tient Gros-Pierre en arrêt.
Car Grietje est Goton et Pieter et Gros-Pierre.
Cette Ève et cet Adam sont partout ; et la terre
N'eût point fait et meublé, sans Gros-Pierre et Goton,
Éden pour nos aïeux et pour nous Charenton.

On passe d'un méandre à l'autre ; et la patache,
Chaque soir, aux poteaux des berges se rattache.
L'aubergiste, bonhomme à l'air vague et chinois,
Croque le voyageur comme un singe une noix ;
Lesage dans Drika saluerait Léonarde.
On boit ; les pots sont grands. La Gueldre goguenarde
Fait ses cruches avec des ventres d'échevin,
De même que la Grèce au sourire divin,
Fait des bras de Phryné les anses de son vase.

Cependant le bateau glisse, le roseau jase,
Les nids parlent tout bas, l'eau chuchote, on s'endort ;
Et voilà la Hollande.

                    Ami, ce peuple est fort :
N'en rions pas. C'est vrai qu'il ouvre aux vents d'automne
Une plaine sans fin, âprement monotone ;
Certe, ailleurs, j'en conviens, l'aube a plus de clarté,
Et ce ne sont point là de ces champs où l'été,
Splendide et glorieux, jette à pleines corbeilles
Les fleurs, les fruits, les blés, les parfums, les abeilles
Sans doute quelque ennui sort de cet horizon...

Mais c'est le sol qui fut l'abri de la Raison ;
C'est la terre des gueux qui brisèrent les princes ;
On referait l'Yssel, l'Amstel, les sept Provinces,
Pourvu que, sous un ciel de pluie, on accouplât
L'herbe au jonc et l'eau morte avec le pays plat ;
Mais ce qu'on ne saurait refaire, c'est la flamme
Qui, dans ce petit peuple, a mis une grande âme.

———

Au point du jour, souvent en sursaut, je me lève,
Éveillé par l'aurore, ou par la fin d'un rêve,
Ou par un doux oiseau qui chante, ou par le vent ;
Et vite je me mets au travail, même avant
Les pauvres ouvriers qui près de moi demeurent.

La nuit s'en va. Parmi les étoiles qui meurent
Souvent ma rêverie errante fait un choix.
Je travaille debout, regardant à la fois
Éclore en moi l'idée et là-haut l'aube naître.
Je pose l'écritoire au bord de la fenêtre
Que voile et qu'assombrit, comme un antre de loups,
Une ample vigne vierge accrochée à cent clous,
Et j'écris au milieu des branches entr'ouvertes,
Essuyant par instants ma plume aux feuilles vertes.

———

Ce qui rend la vieillesse auguste et vénérable,
Ce n'est point la lenteur des pas froids et pesants,
La blancheur des cheveux ni le nombre des ans ;
Non, c'est la bienveillance et l'absence de haine,
C'est la douceur qui fait vers la vertu sereine
Monter de toutes parts les bénédictions,
C'est cette majesté des bonnes actions
Qui dans l'œil du vieillard met une pure flamme,
Et que la longue vie ajoute à la grande âme !

———

ANNIVERSAIRE

4 septembre 1857.

Non ! il n'est pas d'absence, il n'est pas de tombeau
Le pâle survivant, rallumant le flambeau,

Fait envoler son âme au delà de la terre
A la suite du mort entré dans le mystère ;
L'âme revoit l'autre âme à force d'y rêver,
Et dans le ciel profond sait où la retrouver.

————

La souffrance, géante et spectre, sur le monde
Se dresse ; un long cri sort de sa bouche profonde
Et remplit l'infini mystérieux et sourd ;
Et la femme aux bras blancs, le vieillard au pas lourd,
Partout, sous tous les cieux et sous tous les tropiques,
Londres, Rome, Paris, ces cavernes épiques,
Le laboureur courbé, forçat des verts sillons,
L'éclatant capitaine au front des bataillons,
Et les rois sur leur trône et le pauvre en son bouge,
Les branches de la ronce où la vipère bouge,
Ceux qui disent : priez, ceux qui disent : aimons,
L'algue au fond de la mer et l'arbre au haut des monts,
L'eau roulant le caillou, la faulx coupant la gerbe,
Le tigre se traînant sur le ventre dans l'herbe,
Le doux oiseau tordant la mousse de son nid,
Le navire et l'écueil, le jonc et le granit,
Le martyr, le bourreau, le conquérant, l'apôtre,
Ne font que répéter d'un bout du monde à l'autre,
Même l'enfant qui rit, même la vierge en fleur,
Les gestes désolés de l'immense douleur.

18 juillet 1854.

————

RACONTÉ EN RÊVE

(PAR LORD BYRON PEUT-ÊTRE)

Nous étions, John Beauclerk et moi, deux jeunes lords.
L'église de Harrow, vieux bric-à-brac d'alors,
Avait sous son portail un Jupiter de pierre
Où les chrétiens faisaient volontiers leur prière.
Un jour que nous quittions la classe pour le jeu,
John donne un coup de canne à l'idole, et me crie,
A moi qui m'indignais, plein de respect du lieu :
— Je ne sais. Je suis pair. Et c'est par seigneurie.
— Oh ! fis-je. Et, pair aussi, je crachai sur le dieu.

Nuit du 5 au 6 novembre 1852.

————

L'INFINIMENT PETIT

Tout est le même abîme avec les mêmes ondes.
L'infiniment petit contient les mêmes mondes
Que l'infiniment grand.

                    Que vas-tu contempler
Le ciel noir quand il plaît aux nuits de l'étoiler,
Le groupe constellé, le globe, la planète,
Orion, Sirius que grossit ta lunette,
L'anneau de celui-là, les lunes de ceux-ci ?
La fourmi sous sa patte a des sphères aussi !
L'intervalle que font les ailes d'une mouche
Contient tout un azur où se lève et se couche
Un soleil invisible, éblouissant au loin
De profonds univers qui n'ont pas de témoin.
Montez ou descendez ; tout s'ouvre sans rien clore ;
On trouve au fond d'un puits un autre puits encore.
La limite n'est pas dans la nature ; elle est
Dans l'instrument grossier, dans l'organe incomplet ;
Votre prunelle est moins un moyen qu'un obstacle ;
Tu n'as qu'à grandir l'œil pour grandir le spectacle.

Le petit, c'est l'immense. En ta main, ô passant,
Prends la mer bleue ainsi qu'un verre grossissant,
Et, courbé sur la vie, abîme dont la lampe
Est un soleil qui brille ou bien un ver qui rampe,
A travers l'océan regarde un puceron ;
Tu pâliras ainsi qu'Amos, Élie, Aaron,
Devant les visions de l'incompréhensible,
Et tu ne sauras pas si cet être impossible,
Formidable, aperçu par toi confusément,
N'est pas le chaos même, horrible, en mouvement
Dans l'éther qu'il obstrue avec sa forme immonde,
Et si tu vois un monstre ou si tu vois un monde !

Oui, l'aube le matin emplit ton corridor
Des constellations de la poussière d'or ;
La toile d'araignée en ses mailles nocturnes
A des gouffres où vont et viennent des Saturnes ;
Une création passe entre chaque fil ;
Tout homme, le dernier, le moindre, le plus vil,
L'esclave, le forçat de Brest, le juif qui rogne
Un liard, le voleur de grand chemin, l'ivrogne,
Le grec qui triche au jeu dans un bouge aux eaux d'Aix,
Broie un astre en fermant son pouce et son index.

Il ne faut pas que l'âme humaine s'assoupisse
Au bord de l'atome, ombre, abîme, précipice ;
Homme, il n'est pas d'esprit qui, s'il se penche un peu,
En bas, sur le petit, l'autre côté de Dieu,
Ne frissonne devant l'élargissement sombre
Du néant, du caché, de l'espace, du nombre !

Il suffit que, demain, un ouvrier savant,
Inventant un cristal plus clair et plus vivant,
Pose sur l'inconnu des lentilles puissantes,
Pour que, si ton regard s'en approche, tu sentes
Le vertige du trou d'une aiguille, et la peur
De tomber dans ton souffle, effrayante vapeur.

Le point n'a pas de fond. Homme, l'inaccessible
Est dans le grain de sable à jamais divisible.
L'imperceptible est fait de la même grandeur
Que les cieux, qui n'ont pas encore eu de sondeur.
Un pou, de l'infini contient en lui la somme ;
Tu serais Dieu le jour où tu pourrais, toi l'homme,
Voir le commencement et la fin d'un ciron.
Pendant qu'un maringouin sonne de son clairon,
Homme, des millions de mondes peuvent naître
Et mourir.

      A l'instant où je parle, peut-être
Des peuples ignorés, vague fourmillement
Qu'un infusoire couvre ainsi qu'un firmament,
Regardent s'étoiler le ventre d'un volvoce,
Sourds, obscurs, adorant quelque idole féroce,
Noirs, enfouis dans l'être, ensevelis dessous,
Invisibles, perdus ; et peut-être est-ce nous !

—————

Est-ce que par hasard le monde sous nos yeux
Se défait, se déjette et périt ? d'aventure,
Est-ce que nous voyons se rider la nature,
Et disparaître au fond de l'ombre, en proie aux vers,
Sous une moisissure énorme, l'univers ?
Le zodiaque est-il branlant dans sa charpente
Au point que les saisons s'écroulent sur sa pente ?
L'été meurt-il de froid ? l'hiver meurt-il de chaud ?
L'astre se couvre-t-il de poussière là-haut ?
Sirius s'éteint-il faute d'huile ? Persée
Est-il tombé, sa chaîne étant vieille et cassée ?
Aperçoit-on, parmi les groupes inconnus,
Des toiles d'araignée entre Mars et Vénus ?
Le grand ciel s'en va-t-il par plaques ? l'empyrée
A-t-il à l'orient sa teinte dédorée ?
Le zénith n'est-il plus qu'un faux plafond mal joint ?
L'aurore noircit-elle ? en est-on à ce point
Que l'azur se détache et tombe de vieillesse ?
Est-ce parce qu'il voit les vents qu'il tient en laisse,
Phtisiques et poussifs, s'arrêter haletants,
Et la rose manquer son entrée au printemps,
Et tout se disloquer au ciel et dans l'abîme,
Que l'Auteur continue à garder l'anonyme ?

—————

SÉRÉNITÉ

Après avoir souffert, après avoir vécu,
Tranquille, et du néant de l'homme convaincu,
Tu dis : je ne sais rien ! — Et je te félicite,
O lutteur, ô penseur, de cette réussite.
Maintenant, sans regret, sans désir, humblement,
Bienveillant pour la nuit et pour l'aveuglement,
Tu médites, vibrant au vent comme une lyre ;
Tu savoures l'azur, le jour, l'astre ; et, sans lire
Les papyrus hébreux, grecs, arabes, indous,
Tu regardes le ciel mystérieux et doux ;
Et par l'immensité ton âme est dilatée
Au point d'emplir de flamme et d'aube un monde athée.
Tes jardins sentent bon et sont tout chevelus
De lierres, de jasmins et de convolvulus ;
Mai fleurit tes lilas, août mûrit tes pommes ;
Et, pendant que le tas tumultueux des hommes
Crie : abattons ! tuons ! exterminons, broyons !
Toi, parmi les parfums et parmi les rayons,
Voilà que tu finis et que tu te reposes,
Vieux, dans une masure, et, sage, dans les roses

—————

MON JARDIN

Hauteville-House.

Dans le gazon qu'au sud abrite un vert rideau,
On voit, des deux côtés d'une humble flaque d'eau
Où nagent des poissons d'or et de chrysoprase,
Deux aloès qui font très bien dans une phrase ;
Le bassin luit dans l'herbe, et semble, à ciel ouvert,
Un miroir de cristal bordé de velours vert ;
Un lierre maigre y rate un effet de broussaille ;
Et, bric-à-brac venu d'Anet ou de Versaille,
Pris à l'antre galant de quelque nymphe Écho,
Un vase en terre cuite, en style rococo,
Dans l'eau qui tremble avec de confuses cadences,
Mire les deux serpents qui lui tiennent lieu d'anses
Et qui jadis voyaient causer dans leur réduit
Les marquises le jour, les dryades la nuit.

—————

CHOUGNA

Ma chienne, la Chougna, n'est pas, certe, une bête !
Nous rentrons. Sous mes mains fourrant sa grosse tête,
Elle sent un sermon venir et se tient coi.
Je la prends par l'oreille, et je lui dis : — Pourquoi
Te comportes-tu mal, Chougna, devant le monde ?
Pourquoi, quand nous sortons, — il faut que je te gronde ! —
Cours-tu, jappant, hurlant, à travers les buissons,
Après les jeunes chiens et les petits garçons ?
Pourquoi ne vois-tu pas un coq sans le poursuivre ?
Si bien que, moi, j'ai l'air d'avoir une chienne ivre !
Cela nous fait mal voir, les gens sont irrités.
Je te connais beaucoup de bonnes qualités,
Fidèle, réservée, intelligente, affable ;
Mais vraiment, quand tu sors, tu n'es pas raisonnable !

Quiconque pense, illustre, obscur, sifflé, vainqueur,
Grand ou petit, exprime en son livre son cœur.
Ce que nous écrivons de nos plumes d'argile,
Soit sur le livre d'or comme le doux Virgile,
Soit comme Alighieri sur la bible de fer,
Est notre propre flamme et notre propre chair.
Le livre est à ce point l'auteur, et le poëme
Le poëte, notre œuvre est tellement nous-même,
Nous la sentons en nous si mêlée à nos pleurs,
A notre sang, si bien faite de nos douleurs
Et si profondément dans nos os pénétrante,
Que lorsqu'il arriva qu'en l'an mil huit cent trente
Mademoiselle Mars, Firmin et Joanny
Pour la première fois jouèrent *Hernani*,
J'eus un frémissement de pudeur violée.
Jusqu'à ce moment-là, dans une ombre étoilée
Ruy, Carlos, le bandit, le cor de la forêt,
Doña Sol pâle, étaient mon rêve et mon secret ;
Je leur parlais au fond des extases farouches,
Je voyais remuer distinctement leurs bouches,
Je vivais tête-à-tête, ému d'un vague effroi,
Avec ce monde obscur qui se mouvait en moi.
La foule s'y ruant me parut un supplice.
Il me sembla quand, seul derrière la coulisse,
Je vis Faure crier au machiniste : Va !
Et lorsqu'en frissonnant la toile se leva,
Que devant tout ce peuple immense aux yeux de flamme
Je voyais se lever la jupe de mon âme.

Jersey, septembre 1852

A UNE AME

Alors ne soyez pas étoile !
Mais si vous voulez, sous le voile,
Éclairer notre œil triste et las,
Si vous voulez, lys du ciel sombre,
Fleur de clarté, luire en notre ombre,
Trouvez bon qu'on vous aime hélas !

Si vous voulez être auréole,
Si vous voulez, astre et corolle,
Resplendir sur tous et pour tous,
Charmer, prouver Dieu mieux qu'un prêtre,
Et dans la nuée apparaître,
Trouvez bon qu'on tombe à genoux.

Si vous voulez, ange, être celle
Qui brille, fascine, étincelle,
Qui fait le jour en disant oui
Et la nuit quand elle s'absente,
S'il vous plaît d'être éblouissante,
Trouvez bon qu'on soit ébloui.

Si vous voulez jeter des flammes,
Trouvez bon que les pauvres âmes
Volent éperdument à vous ;
Ce feu qui nous tue, on l'adore ;
Car mourir brûlé par l'aurore,
Mourir de lumière, c'est doux !

9 juin 1859. — Serk.

LA CONSOLATRICE

Quand le cœur oppressé veut et cherche un dictame,
Les bois, les monts, les prés, ont pour notre pauvre âme
Un étrange pouvoir de mise en liberté.

O matin ! triomphante et sereine clarté !
Délivrance de l'aube et du jour qui se lève !
Évanouissement subit de tout le rêve !
Comme les vils soucis de la terre s'en vont,
Comme on devient un être ineffable et profond,
Comme on quitte sa peau de souffrance et de haine,
Dieu bon ! comme on sent bien son aile et peu sa chaîne,
Le bien, songe avorté, le mal, fait accompli,
Oh ! comme tout cela n'est plus qu'un tas d'oubli,

Comme on n'a plus dans l'âme une place meurtrie,
Comme rien n'est exil, comme tout est patrie,
Dès qu'on s'en est allé se promener aux champs,
Parmi les fleurs, au fond des rayons et des chants,
Dans la nature immense, étoilée, embrasée,
Et sitôt qu'on a mis ses pieds dans la rosée !

Serk, 30 mai 1855. La Coupée, huit heures et demie du matin.

———

EN MAI

Une sorte de verve étrange, point muette,
Point sourde, éclate et fait du printemps un poëte ;
Tout parle et tout écoute et tout aime à la fois ;
Et l'antre est une bouche et la source une voix ;
L'oiseau regarde ému l'oiselle intimidée,
Et dit : Si je faisais un nid ? c'est une idée !
Comme rêve un songeur le front sur l'oreiller
La nature se sent en train de travailler,
Bégaie un idéal dans ses noirs dialogues,
Fait des strophes qui sont les chênes, des églogues
Qui sont les amandiers et les lilas en fleur,
Et se laisse railler par le merle siffleur.
Il lui vient à l'esprit des nouveautés superbes ;
Elle mêle la folle avoine aux grandes herbes ;
Son poëme est la plaine où paissent les troupeaux ;
Savante, elle n'a pas de trève et de repos
Jusqu'à ce qu'elle accouple et combine et confonde
L'encens et le poison dans la sève profonde ;
De la nuit monstrueuse elle tire le jour ;
Souvent avec la haine elle fait de l'amour ;
Elle a la fièvre et crée ainsi qu'un sombre artiste ;
Tout ce que la broussaille a d'hostile et de triste,
Le buisson hérissé, le steppe, le maquis,
Se condense, ô mystère, en un chef-d'œuvre exquis
Que l'épine complète et que le ciel arrose ;
Et l'inspiration des ronces, c'est la rose.

———

BOUT DE PAYSAGE

. . . .
Je ne vois, du sommet de la dune où je suis,
Qu'un maigre filet d'eau sous les branches d'un aulne

Et le fond d'un ravin brûlé, torride et jaune,
Fort triste, et qu'on dirait de soleil accablé.

J'aperçois à mi-côte un chariot de blé,
Tiré par trois chevaux à la pauvre crinière,
Qui monte lentement, caboté par l'ornière,
Penchant à droite, à gauche à demi soulevé,
Si chargé que les brins traînent sur le pavé,
Et, comme une chouette au trou d'une muraille,
Une tête de vieille apparaît dans la paille.

———

LA CHUTE DU RHIN

Avalanche de bruit, le Rhin tombe en hurlant
Dans le gouffre où l'écume, immense chaos blanc,
Tourne éternellement son effroyable roue ;
Dans le puits inconnu que l'eau sombre secoue,
Tout bave et gronde ; ainsi rugiraient des Titans
Vautrés dans un abîme énorme et combattants.
Cela frémit, cela hurle, cela blasphème.
On dirait Caliban colletant Polyphème.
On pressent, sous ce vaste et formidable bruit,
Toutes les profondeurs sinistres de la nuit.
Le fleuve à son tourment court avec épouvante.
L'âpre rondeur des eaux, glauque, aveugle et vivante
Croule, et renaît toujours pour toujours se briser.
L'arc-en-ciel frissonnant brille et vient s'y poser ;
Sur la courbe difforme il met sa courbe pure,
Et l'on croit voir Diane, au fond de l'ombre obscure,
Dressant dans ce fracas son front tranquille et fier,
Du bout de son arc vierge apaiser un enfer.

27 septembre 1868.

———

Je t'aime, avec ton œil candide et ton air mâle
Ton fichu de siamoise et ton cou brun de hâle,
        Avec ton rire et ta gaîté,
Entre la Liberté, reine aux fières prunelles,
Et la Fraternité, doux ange ouvrant ses ailes,
        Ma paysanne Égalité.

———

Tous les hommes sont l'Homme; et pas plus que les cieux
    Le droit n'a de rivages;
Ma sombre liberté sent le poids monstrueux
    De tous les esclavages.

Avec tout prisonnier je me sens enfermé;
    Ses chaînes sont les nôtres;
Guerre aux rois! Délivrance! Un seul peuple opprimé
    Opprime tous les autres.

———

DEUX ASPECTS DE LA MORT

Le juste de ses fers subit l'indigne poids;
Il souffre, il saigne, il va; tout l'accable à la fois;
    Le jour est dur, la nuit est pire...
Mais, dans ce noir sentier du deuil et de l'affront,
Calme, il voit resplendir au-dessus de son front
    La libre mort au doux sourire.

Les pervers sont joyeux; faux prêtres, rois méchants,
Ils ont tous les bonheurs, la pourpre et l'or, les chants,
    Les fruits vermeils, les belles femmes;
Ils marchent, fiers, puissants, poussant dans le chemin
A coups de pique, à coups de fouet, le genre humain,
    Noirs bouchers du troupeau des âmes...

Mais, comme dernier terme au voyage qu'ils font,
S'enfonçant pas à pas dans le crime profond,
    Faisant mentir korans et bibles,
Ils peuvent voir, au fond de l'ombre où tout s'enfuit,
Un sépulcre sur qui se croisent dans la nuit
    On ne sait quels barreaux terribles.

———

L'ORIGINE DU LANGAGE

Voyons, d'où vient le verbe? Et d'où viennent les langues?
De qui tiens-tu les mots dont tu fais tes harangues?
Ecriture, Alphabet, d'où tout cela vient-il?
Réponds.

    Platon voit l'I sortir de l'air subtil;
Messène emprunte l'M aux boucliers du Mède:

La grue offre en volant l'Y à Palamède;
Entre les dents du chien Perse voit grincer l'R;
Le Z à Prométhée apparaît dans l'éclair;
L'O, c'est l'éternité, serpent qui mord sa queue;
L'S et l'F et le G sont dans la voûte bleue,
Des nuages confus gestes aériens.
Querelle à ce sujet chez les grammairiens :
Le D, c'est le triangle où Dieu par Job se lève;
Le T, croix sombre, effare Ézéchiel en rêve;
Soit; crois-tu le problème éclairci maintenant?
Triptolème a-t-il fait tomber, en moissonnant,
Les mots avec les blés au tranchant de sa serpe?
Le grec est-il éclos sur les lèvres d'Euterpe?
L'hébreu vient-il d'Adam? le celte d'Irmensul?
Dispute, si tu veux! Le certain, c'est que nul
Ne connaît le maçon qui posa sur le vide,
Dans la direction de l'idéal splendide,
Les lettres de l'antique alphabet, ces degrés
Par où l'esprit humain monte aux sommets sacrés,
Ces vingt-cinq marches d'or de l'escalier Pensée.

Eh bien, juge à présent. Pauvre argile insensée,
Homme, ombre, tu n'as point ton explication;
L'homme pour l'œil humain n'est qu'une vision;
Quand tu veux remonter de ta langue à ton âme,
Savoir comment ce bruit se lie à cette flamme,
Néant. Ton propre fil en toi-même est rompu.
En toi, dans ton cerveau, tu n'as pas encor pu
Ouvrir ta propre énigme et ta propre fenêtre,
Tu ne te connais pas, et tu veux le connaître,
LUI! Voyant sans regard, triste magicien,
Tu ne sais pas ton verbe et veux savoir le sien!

———

A force d'aspirer à ce grand but : connaître,
A force de sonder le fond sacré de l'être,
A force de fixer mes regards inquiets
Sur toi qui peux, sur toi qui vis, sur toi qui es,
A force de parler à l'inconnu sans bornes,
Au mystère où l'horreur entr'ouvre ses yeux mornes,
A force de vouloir, noir plongeur fait de jour,
Jusqu'en l'océan Nuit trouver la perle Amour,
J'ai fini, cœur où vibre une invisible lyre,
Par voir sortir de l'ombre un effrayant sourire.

———

LES PLANÈTES

Dans nos noirs firmaments, cieux des mondes maudits,
Sombre loi, les enfers pèsent aux paradis.
Chacun de ces foyers que l'ombre a dans ses voiles,
Qui de près sont soleils et de loin sont étoiles,
A des fourmillements de globes ténébreux,
Terres, lunes, anneaux, mondes noirs et nombreux,
Mêlés aux longs fils d'or de sa vaste lumière.
Morne expiation d'une faute première !
Tous ces grands chevelus des feux et des rayons,
Les soleils à la face énorme, ces lions
De l'abîme, accroupis au seuil des bleus pilastres,
Dans leur crinière immense ont des vermines d'astres.

————

SVEDENBORG

. . . .

Svedenborg prit un jour la coupe de Platon,
Et, pensif, s'en alla boire à l'azur terrible.
Il entra sous le porche obscur de l'invisible
Et disparut.

    Où donc alla-t-il ? Qui le sait ?
Peut-être aux lieux sacrés où Socrate pensait,
Où, dans l'ombre, effleuré de l'urne des Homères,
Le vin de l'idéal sort du puits des chimères.
Peut-être égara-t-il ses pas plus haut encor,
Jusqu'au gouffre inconnu, jusqu'aux pléiades d'or.
Jusqu'au ruissellement des fontaines d'aurore,
Jusqu'à l'ombre où l'on voit l'inexprimable éclore.
Là sont les cuves : sève, esprit, immensité ;
Là vit, abonde et croît la vigne de clarté
Où l'on ne trouve pas un seul astre qui dorme,
Où les créations font leur vendange énorme,
Où la grappe de vie à flots ruisselle, ayant
La pierre du tombeau pour pressoir effrayant ;
Là sont les infinis, la cause, le principe.
L'être qui s'évapore en mondes, se dissipe
En astres, et s'épanche en ciel démesuré.

Il revint éperdu, chancelant, effaré,
Ployant sous la lueur farouche des étoiles ;
Voyant l'homme à travers des épaisseurs de voiles
Et de tremblants rideaux de lumière où, sans fin
Multipliés, flottaient l'ange et le séraphin ;
Ayant dans son cerveau l'ombre et tous ses délires,
De ses doigts écartés cherchant de vagues lyres,

Nu, bégayant l'abîme, et balbutiant Dieu ;
Rapportant cette joie étrange du ciel bleu
Qui fait peur à la terre et trouble les fils d'Ève,
Et laissant voir, ainsi que le monde du rêve,
Dans de blêmes rayons tombés on ne sait d'où,
Un paradis sinistre au fond de son œil fou.

————

PREMIÈRE ÉPITRE

A CHARLES

Charle, il faut quitter l'ode et descendre à l'épître ;
On passe en vieillissant du trépied au pupitre ;
Le feuillet sybillin s'envole, et dans la main,
O misère, vous laisse un blême parchemin
Que la strophe, sirène, ondine, muse, almée,
Egratigne en fuyant de sa griffe palmée.
On s'accoude à son poêle au lieu d'aller rêver
Dans les champs et guetter la lune à son lever ;
Les bons alexandrins vous viennent, mais sans prismes,
Sans aile, et refusant, de peur de rhumatismes,
De se mouiller les pieds dans l'herbe et dans le thym ;
Et l'on n'est plus celui qui va de grand matin,
Pâle, faire sa cour à l'aurore, et s'occupe
A regarder trembler les astres sur sa jupe.
On s'alourdit ; le ventre est votre souverain.
On préfère un turbot, une truite du Rhin,
Une bonne poularde accommodée en daube,
Un vin vieux, à l'œillade enivrante de l'aube.
On murmure tout bas : jadis, quand nous aimions...
D'autres sont les Pâris et les Endymions
A qui viennent s'offrir, sous la sombre liane,
La Minerve sacrée et la grande Diane.
On ne dit plus : ma lyre ; on dit : mon encrier.
On n'entend plus au bois la bacchante crier.
Votre oreille à présent jamais ne se régale
De ce que le grillon raconte à la cigale
Et de ce que redit la cigale au grillon,
L'un chantant le foyer et l'autre le sillon.
Adieu la folle immense aux chansons infinies,
L'imagination, maîtresse des génies !
Adieu l'égarement dans les espaces bleus,
L'extase, et l'idéal, ce réel fabuleux,
Et les aspects profonds du rêve ! adieu la cime
Vue à travers l'écume énorme de l'abîme !
Adieu l'élan superbe et l'essor factieux !
Adieu la joute avec les aigles dans les cieux !
Adieu les gnomes noirs aux mitres d'escarboucles,
Et les nymphes ayant des algues dans leurs boucles,
Et la fee, égrenant ses colliers de coraux !

On emploie à tracer des distiques moraux,
Dignes d'être scandés aux écoles primaires,
Les doigts qui caressaient la gorge des Chimères.
Votre hippogriffe las demande l'abreuvoir ;
Et nos rimes n'ont plus d'assez bons yeux pour voir,
Sous l'étoile agrafée aux plis blancs de la nue,
Vénus au front divin sourire toute nue.

C'est fini. L'on devient bourgeois de l'Hélicon.
On loue au bord du gouffre un cottage à balcon.
On consent bien, du haut de sa raison morose,
A faire encor des vers, pourvu qu'ils soient en prose.
De là l'épître. Hélas, le poëte à vau-l'eau
Est un Orphée éteint qui finit en Boileau.

1869.

———

Oh ! vers le progrès magnifique
Guidez les générations !
Malheur à l'âme qui trafique
De son souffle et de ses rayons !
Que le supplice vous attire,
Précipitez-vous au martyre,
Penseurs ! pour vaincre il faut souffrir.
L'homme, qui ne peut rien connaître,
Marche de cette énigme : naître,
Jusqu'à cet abîme : mourir.

Sur son berceau naît son étoile.
Comme il ouvrait l'œil, elle a lui.
Comme Isis sous le triple voile,
La conscience habite en lui.
Elle l'éclaire quand il doute ;
Elle lui montre sur sa route
Tout ce que la raison trouva.
Elle est pareille à la glaneuse ;
Il est libre, elle est lumineuse ;
Il dit : Que suis-je ? elle dit : Va.

Il sent qu'il contient le mystère,
Qu'il a la bêche et le jardin,
Qu'il doit, condamné de la terre,
Avec Babel refaire Éden.
Apre ouragan ou brise douce,
Il sent qu'il est le vent qui pousse
Les battants du seuil éternel,
Et que les vertus et les crimes
Font tourner sur ses gonds sublimes
La porte invisible du ciel.

D'où vient-il ? où va-t-il ? il songe.
Évitera-t-il Dieu lointain ?

Il est maître de son mensonge,
Un autre est maître du destin.
Il tremble ; il se sent responsable
Pour un pas risqué sur le sable,
Pour un souffle sur un flambeau.
O nuit sombre où nous portons l'arche !
La liberté de l'homme marche
Entre la crèche et le tombeau !

4 septembre 1854.

———

Je suis comme dans un cloître ;
On dit de moi : « D'où vient-il ? »
Je sens à chaque heure croître
Le froid profond de l'exil ;
Je ne vois plus ma patrie ;
Toute ma joie est flétrie ;
J'ai blanchi, vieil affligé ;
La tombe, amis, me réclame ;
Comme il gelait dans mon âme,
Sur ma tête il a neigé.

1852.

———

MON PETIT-FILS

Oui, ce petit, c'est l'aube, et moi je suis le soir.
Il naît. Que va-t-il voir ? Je meurs. Que vais-je voir ?
Tous deux nous ignorons. Son jour vient, ma nuit tombe.
Il essaie à tâtons le berceau, moi la tombe.

———

LE NAUFRAGÉ

Hélas, l'homme, jouet de l'élément, en proie
Au sol qui le dévore, au ciel qui le foudroie,
Fatal, débile, et né dans un accablement,
Ayant pour le guider sa raison qui lui ment

Et le peu de clarté que l'instinct lui procure,
Lutte éternellement avec la force obscure.

Vois, dans le pli que fait le coude d'un rocher,
Ce hameau de pêcheurs, groupant sous son clocher
Quelques vieux toits parmi des barques échouées.
La ceinture sans fin des vagues dénouées
L'enveloppe et le presse et l'étreint, noir serpent.
Il est là, seul, chétif, et sur lui se répand
L'orage monstrueux, et l'ouragan l'assiège,
Et l'océan n'est grand que pour lui tendre un piège.
Le colossal nuage où fuit l'aigle chasseur
Et que l'espace emplit de toute sa noirceur,
L'éclair, le bruit, le flot où roule le cadavre,
Toute l'ombre se heurte au mur du petit havre ;
Et c'est l'immensité, c'est la nuit, c'est la mort
Qui se rouille aux anneaux de la chaîne du port.

Ce point imperceptible où, jamais assouvie,
L'onde écume et s'acharne, ô songeur, c'est ta vie.

Eh bien, étant si peu, quelle folie as-tu
D'escalader ce ciel par tous les vents battu,
D'aller, toi, qui, tremblant, as déjà tant de peine
A porter seulement l'aspect du phénomène,
Toi le terrassé, toi l'errant, toi le banni,
Toi, le vaincu du gouffre, attaquer l'infini !

N'as-tu donc pas assez déjà de te défendre
Contre l'énormité qui te couvre de cendre
Et de brume et de trouble et d'énigme et de deuil,
Naufragé ! Laisse-toi ruisseler sur l'écueil.
Cet aquilon, ce choc, cette horreur, cette pluie,
C'est l'ombre qui, terrible, à ton néant s'essuie ;
C'est la nuit de ce ciel inconnu qui sur toi
Tombe avec le frisson, la souffrance et l'effroi. -
Pendant que le vent roule et verse sur ta tête
Toute l'obscurité dans toute la tempête,
Toi, jeté dans l'espace et pourtant au cachot,
Recueille-toi, courbé sous ce souffle d'en haut,
Et, sans interroger le sombre ciel sublime,
Sur tes membres glacés laisse couler l'abîme.

III

DEPUIS L'EXIL

L'ÉPONGE

— Je ne veux pas de Dieu !... Voilà ton cri morose.

Ayant trouvé le mal au bout de toute chose,
Ayant trouvé le fond amer, l'homme manqué
Par l'incompréhensible et fatal ananké,
Tu dis : — Je hais le dieu si c'est cela le monde !
Pour juger l'ouvrier, sur son œuvre on se fonde ;
Or l'ouvrage est mauvais, donc l'auteur est méchant,
Et je hais ce Dieu ! — Puis, un remords te touchant,
Tu dis : — Mais j'ai peut-être erré ; l'ombre est profonde ;
Peut-être n'est-ce pas dans Dieu que va ma sonde ;
Peut-être, ô vain chercheur, Dieu m'a-t-il échappé ;
Si je m'étais trompé ?...

     Tu ne t'es pas trompé.
Ta sonde est bien tombée à l'abîme suprême ;
Oui, tu viens de jeter ton esprit dans Dieu même ;
Oui, c'est ce précipice énorme de rayons,
C'est Dieu !

    Jette une éponge à l'Océan, voyons.
Reprends-la. Qu'as-tu ? Rien. Un verre d'eau salée.

Quant à la mer, profonde et terrible mêlée,
Quant à l'immensité des écumes, des bruits,
Des flots, incessamment détruits et reconstruits,
Quant au chaos des chocs, des trombes, des tempêtes,
Dont l'ouragan hagard sonne les sombres fêtes,
Plein de monstres sans nom qui rôdent engloutis,
Cachant des oasis et des O-Taïtis
Où des idylles vont et viennent toutes nues ;
Quant à cette tourmente insondable de nues,
D'ondes, d'écueils, d'azur flottant, d'azur qui luit ;
Quant à ce gouffre où naît le matin, où la nuit
Trempe sa robe d'ombre et son manteau d'étoiles ;

Quant à ce rendez-vous des souffles et des voiles,
Quant à cet infini, noir, fauve, éblouissant,
Crois-tu que tu le tiens dans ta main ?

       A présent
S'il te plaît de porter à ta bouche ce verre,
S'il te plaît de tremper ta lèvre à l'eau sévère,
Et si ton estomac frémit en la buvant,
Si ton viscère abject se soulève, trouvant
Une saveur amère à la chose sublime,
Est-ce que tu diras qu'ayant goûté l'abîme,
Tu viens, toi qui ne vis que si bas et si peu,
De revomir la mer et de recracher Dieu ?

VOLEURS INCONSCIENTS

Que le cœur s'apitoie ou que la loi sévisse,
Le pauvre, c'est certain, par misère ou par vice,
Souvent vole le riche. Eh bien, de son côté,
Le riche peut voler le pauvre, en vérité.
Il ne s'en doute pas, triste engeance ignorante !

Écoute et songe.

      Hier, j'ai touché de ma rente
Une somme, et je tire un franc de mon gousset.
Le voici. Maintenant je demande à qui c'est.
Ce franc, certe, est à moi le riche, à moi le maître.

Il est à moi si peu, que si, par la fenêtre,
Je le jette à la mer, je le vole. A qui donc ?
Aux pauvres.

Oui, quiconque, en notre enfer sans fond,
Plein de fièvres, de soifs et de faims innombrables,
Perd ce qu'il peut donner, le prend aux misérables.
Qui souffre attend, et c'est un droit que le malheur.
Le prodigue est voleur et l'avare est voleur.
Car avoir, c'est devoir ; car celui qui dissipe
Ou thésaurise, fait une plaie au principe ;
Car, ayant tout, il a commis, entends-tu bien,
L'affreux crime d'avoir volé ceux qui n'ont rien.

———

O Terre, dans ta course immense et magnifique,
L'Amérique, et l'Europe, et l'Asie, et l'Afrique
Se présentent aux feux du Soleil tour à tour ;
Telles, l'une après l'autre, à l'heure où naît le jour,
Quatre filles, l'amour d'une maison prospère,
Viennent offrir leur front au baiser de leur père.

———

L'ENFER

L'expiation rampe au plus profond de l'être.
Qu'est-elle ?

       Énigme triste et que nul ne pénètre
Et qui fait quereller les sages ténébreux !
Une vapeur qui sort de ce mystère affreux
Filtre lugubrement à la surface obscure
Des dogmes, sur qui plane Azraël ou Mercure
Et que traduit au peuple aveugle qu'il soumet
Tantôt Tirésias et tantôt Mahomet.
Aux vivants effarés cette vapeur qui monte
Révèle vaguement le lieu d'ombre et de honte.
— C'est l'enfer ! disent-ils, la peine, le tourment ! —
Et l'on en voit l'étrange et hideux flamboiement
Trembler au noir sommet des religions sombres.

L'Hadès où les titans râlent sous des décombres,
Le Ténare, eau qui brûle et dont le flot rongeur
Jette aux porches de l'ombre une fauve rougeur,
Le Phlégéton, l'Érèbe au funèbre cratère,
Sont les trous monstrueux qu'à travers cette terre
L'homme fait en tremblant du côté de la nuit
Et la forme qu'au fond du gouffre où rien ne luit
Sa superstition, sa crainte ou sa démence
Donne aux noirs soupiraux du châtiment immense.

L'antique enfer payen tombe et croule aujourd'hui ;
Il est vide ; on ne sait dans quel néant ont fui
Ses mânes au long voile et ses mégères nues ;
On n'en répare plus les blêmes avenues
Et le prêtre en dédaigne aujourd'hui l'entretien.
Il nous fait maintenant croire à l'enfer chrétien.
La foi des hommes s'est par degrés retirée
Du Tartare, où s'éteint l'épouvante sacrée.
Leur mobilité va jusqu'à changer d'enfer ;
Leur peur quitte Pluton — et passe à Lucifer.

———

Je te dis qu'il travaille et travaille toujours !

Eh ! oui, rien qu'en vidant son verre dès l'aurore,
Et qu'en le remplissant pour le vider encore,
En riant, en chantant, en narguant tout devoir,
En se laissant rouler sous la table le soir,
Aidé sans le savoir par le destin qu'il raille,
Il construit, sans marteau, sans clous et sans tenaille,
Par un travail certain, infaillible et fatal,
Le brancard qui le doit porter à l'hôpital.

———

       Quoi ! tu doutes de l'âme !
Et c'est l'astre qui brille ! et c'est l'aube qui point !
Et que verras-tu donc si tu ne la vois point ?

L'âme, elle est dans le cri ! L'âme, elle est dans le verbe
Elle sort de la foule ainsi qu'un lys de l'herbe.
Elle empêche Caton pensif de se courber.
Quand Danton, formidable et noir, laissait tomber
Ce grondement du haut de la tribune austère :
« La Révolution, ô maîtres de la terre,
O despotes, c'est l'heure où le lion a faim. »
Quand Cicéron disait : « Jusques à quand enfin
Abuseras-tu donc de notre patience,
Catilina ? » Quand Job sentait sa conscience
S'indigner contre l'ombre et s'écriait : « Assez !
Je souffre. Ayez pitié de moi, vous qui passez ! »
Tous ces hommes en qui l'idée a mis sa flamme
Jetaient dans notre nuit le sombre éclair de l'âme

———

. . . .
L'œuvre humaine est l'écho de la chose divine.
Astre ou pensée, on sent errer le même mot
Du chef-d'œuvre d'en bas au chef-d'œuvre d'en haut.
Shakspeare, Dante, Job, Eschyle ! vos génies
Sont eux-mêmes, devant l'azur, des harmonies ;
Ils contemplent le monde et l'ombre et le ciel bleu
Et l'être ; et ce qu'ils font est leur réplique à Dieu.
Ils prennent l'idéal dans leurs vastes poursuites.
Vois. Dieu fait l'Océan ; l'homme fait Hamlet. Quittes.

————

L'Inconnu, ce quelqu'un qu'on distingue dans l'ombre,
Prend les poëtes, joue avec leur âme sombre,
Emplit leurs yeux profonds de la lueur des soirs,
Et donne à deviner à ces œdipes noirs
Le bien, le mal, l'enfer, Dieu, l'amour, les désastres.
Ce mystérieux sphinx, dont les yeux sont deux astres,
Mêle l'immense énigme au clavier de leurs vers,
Les ouvre ou les referme ou les laisse entr'ouverts,
Et pose en souriant ses griffes contractiles
Sur le spondée auguste et sur les frais dactyles,
De sorte qu'on les sent pleins d'un charme hideux ;
Et, voyant le problème horrible trop près d'eux,
Craignant d'être emportés sur de trop rudes faîtes,
Les poëtes ont peur de devenir prophètes.

————

DIALOGUE AVEC L'ESPRIT

— L'âme de l'homme est-elle ? et vivrons-nous ailleurs,
Ceux-ci pour le triomphe et ceux-là pour les pleurs ?
L'homme dans le sépulcre est-il sûr de renaître ?
Une existence après suppose, pour tout être,
Quel qu'il soit, atome, astre, une existence avant.
Certes, l'homme n'est pas un nouvel arrivant
Émergeant hors de rien sur l'échelle infinie
Qui tremble en bas sous l'hydre, en haut sous le génie.
Or, ébauches, fœtus, avortons, embryons,
Si nous avions vécu jadis, nous le saurions ;
L'homme se sentirait une âme commencée ;
Il verrait sa racine au fond de sa pensée ;
Son fantôme serait debout derrière lui ;
Autrefois d'aujourd'hui serait le point d'appui,
Et, dans le passé morne et brumeux qui se ferme,
De l'avenir s'ouvrant nous sentirions le germe

Dans notre souvenir, espèce de forêt,
Dans les secrets avis que tout nous donnerait,
Dans l'haleine de l'âpre et profonde nature,
Partout, nous sentirions cette vague ouverture ;
Nous aurions le passé pour répondant, alors
Que l'âme douterait en présence du corps.
Mais non. Vers le passé nul retour ne nous mène.
Pas de fil arraché dans la mémoire humaine.
Puisqu'aucun souvenir au passé ne nous joint,
Nous n'avons pas été ; donc nous ne serons point.
L'âme n'est pas. Ce monde est un champ froid et triste
Où la vie un moment au sépulcre résiste,
Mais elle expire presque à l'instant qu'elle éclôt
Et n'existe pas plus que la forme d'un flot.
Tout ce que le hasard sur notre terre apporte,
Par une porte arrive et fuit par l'autre porte ;
Un vent sort des berceaux, un vent sort des cercueils ;
Et ce qu'on nomme vie entre ces deux écueils,
Ce qu'on appelle l'âme en ce tourbillon sombre,
Est du néant qui passe entre deux souffles d'ombre. —

Sans que j'eusse parlé, l'Esprit me répondit :

— As-tu donc oublié ce qu'ailleurs on t'a dit ?
L'homme est l'exception. L'homme est un équilibre.
L'épreuve âpre, suprême, auguste, où l'on est libre,
Où l'on tâte le sort, avec le sombre droit
De voir le chemin large et de prendre l'étroit,
Où rien ne semble écrit qu'en obscurs caractères,
Où l'on a sous la main, pour choisir, deux mystères :
Oui, non, deux avatars : l'archange et l'animal ;
Deux ténèbres : le bien plein d'angoisse et le mal ;
Cette épreuve orageuse, effrayante, diverse,
C'est l'homme frissonnant et noir qui la traverse,
Indécis, hésitant, grave, attentif, forcé,
Ignorant l'avenir, d'ignorer le passé.

Sache-le, toi qui veux pénétrer et connaître,
Il n'est rien qui ne soit exprimé par un être,
Sous peine de ne point exister, rien qui n'ait
Son moi dans cette nuit que l'infini connaît.
Dieu, c'est la vérité ; Satan, c'est le mensonge ;
L'homme est le doute. Errant, fait d'argile et de songe,
Par quelqu'un qui lui parle en secret retenu,
Il donne les deux mains dans l'ombre à l'inconnu.
Crépuscule, il s'en va, selon qu'il s'oriente,
Vers la brume farouche ou l'aube souriante,
Et, matin, monte au jour, ou, soir, tombe à la nuit.
Sa conscience en haut comme en bas le conduit.
Jonction d'un mystère et de l'autre, soudure
De ce qui passe avec ce qui persiste et dure,
Point d'intersection de deux obscurités,
L'homme a deux yeux que l'ombre ouvre à deux cécités.
Pensif, ayant le monde entier pour conjecture,
Soupçonnant dans l'instinct brutal la forfaiture,
Le mal sous les plaisirs, le bien sous les ennuis,
L'homme est le double aveugle à tâtons dans deux nuits.

La tombe et le berceau, lugubres, font silence ;
Au fond de sa pensée il porte une balance,
Triste oscillation de calculs, de desseins,
D'appétits, de désirs généreux ou malsains,
De maux, de voluptés, de rêves, d'apparences ;
Et dans les deux bassins pèsent deux ignorances :
Ce qu'il était hier, ce qu'il sera demain.
Cette égalité d'ombre est tout l'esprit humain :
—Qu'ai-je été ? — Que serai-je ? — Il sonde, il fouille ; il pèse,
Tremblant, une hypothèse avec l'autre hypothèse ;
Il y joint la science et le raisonnement,
Mais c'est de la fumée et du rêve. Et comment
Faire entrer dans l'espace et la forme et le nombre
Cet hier, ce demain de l'éternité sombre,
Se liant, dans le gouffre où l'œil s'enfonce en vain,
A des hiers sans borne, à des demains sans fin !
Un abîme en avant, un abîme en arrière.
De là l'anxiété, les veilles, la prière,
Et l'auscultation perpétuelle en soi
De la conscience, humble et souveraine loi,
Voix basse qui traduit sans cesse la voix haute ;
De là l'attention, la crainte de la faute,
Le travail, la vertu, l'effort toujours debout.

Or, une certitude, homme, troublerait tout.
Tombant du haut des cieux que l'éternité voile,
Dans ces plateaux de nuit avec un poids d'étoile.
Pour que l'homme, en ce monde où Jésus seul voyait,
Soit le grand frémissant et le grand inquiet,
Pour que l'épreuve soit l'épreuve, et qu'il demeure
L'être mixte qui cherche en attendant qu'il meure,
Il faut que les plateaux gardent leur pesanteur
Et restent dans son âme à la même hauteur ;
L'un ne peut s'élever sans que l'autre ne sombre ;
L'ombre de ce qui fut fait contrepoids à l'ombre
De ce qui germe encore et de ce qui sera.
Suis-je ? est le premier mot que l'homme soupira.

Le monde est le cadran éternel ; l'homme est l'heure.
Il tient, dans l'orbe étroit et borné qu'il effleure,
A l'instant qui surgit, comme à l'instant qui part ;
Il les touche et les sent ; mais il existe à part.
Ces deux instants vers qui se tournent ses envies,
Ces deux vagues moments, sont ses deux autres vies,
Celle dont il naquit, et celle que son œil
Voit luire ou flamboyer aux fentes du cercueil.
Il ne sait pas si l'ombre est propice ou fatale,
Ni ce que jetteraient d'horreur à son front pâle,
Ou de ravissement à son œil ébloui,
S'il les apercevait, ses deux formes de lui.
Que sont-elles ? problème ! énigme ! Il n'en devine,
Méchant, que ce qu'il faut pour la crainte divine,
Et, bon, pour l'espérance ; il ne connaît du sort
Que la crèche où l'on entre et la tombe où l'on sort.
A peine, dans la brume où flottent les mémoires,
Distingue-t-il le bruit que les deux heures noires,
Celle qui le précède et celle qui le suit,

Font sur son front obscur dans l'éternelle nuit.
Voix d'avenir qui chante ou de passé qui pleure.
Si l'homme pénétrait sa vie antérieure,
La future serait transparente ; il verrait,
A travers un secret connu, l'autre secret ;
Son regard atteindrait de sa sphère à la nôtre,
Et, perçant une nuit, il pourrait percer l'autre.
Il ne serait plus l'homme, il ne douterait plus.
Qu'est-ce que l'océan sans flux et sans reflux ?
Qu'est-ce que l'aquilon sans nord et sans aurore ?
L'homme en lui sentirait l'ange ou la bête éclore ;
Il ferait de la mort l'ouvrage redouté ;
L'équilibre rompu romprait l'humanité ;
Plus de motif de vivre et plus de raison d'être ;
L'homme ne serait plus l'ombre où le jour peut naître ;
Il ne serait plus l'être oscillant du milieu ;
Et, selon qu'il tendrait vers l'azur plein de Dieu
Ou vers le mal, égout de Satan qui s'y vautre,
Il s'évanouirait dans un gouffre ou dans l'autre. —

— Hé bien, criai-je, esprit ! où serait le malheur ?
L'homme, ce marcheur las et ce vain travailleur,
Cet à peu près de monstre et cet à peu près d'ange,
Ce passant qui sans cesse hésite, flotte, change,
Et qui, mauvais témoin de sa propre douleur,
A besoin de la mort pour devenir meilleur,
Ce lugubre inconnu, peut-être ce coupable,
Ce faux roi de la terre, imbécile, incapable
De parler, dans l'auguste et sauvage concert,
Assez haut pour donner des ordres au désert,
Cette larve à côté du lion étrangère,
Cette bouche qui ment, ce ventre qui digère,
Ce faiseur d'un limon plus vil que le limon,
Ce méchant qui se tord pour atteindre au démon,
Qui se croit le complice et n'est que le malade,
Ce nain dont l'infini dédaigne l'escalade,
Ce misérable esprit dont la chair est l'attrait,
Cet orgueil, ce sanglot, quand il disparaîtrait ? —

L'Esprit me regarda fixement :

    — Es-tu juge ?
Portes-tu le tonnerre et tiens-tu le déluge ?
Tais-toi ! Regarde et pense. Il faut que l'homme soit.
Songeur, bien au delà de votre monde étroit,
Dans des globes flottant au fond des étendues,
Des races comme vous sont partout répandues.
Pour qu'aucun échelon ne manque à l'infini,
Que l'azur divin reste aux ténèbres uni,
Que la transition des gouffres soit possible,
Il faut que l'homme soit ; car, dans l'inaccessible,
Entre l'être d'en bas et les êtres des cieux,
Les humanités sont des ponts mystérieux.

LE GRAND ÊTRE

. . . .
Insondable, immuable, éternel, absolu ;
Face de vision ; être qui toujours crée ;
Centre ; rayonnement d'épouvante sacrée ;
Toute-puissance ayant des devoirs et des lois ;
Présence sans figure et sans borne et sans voix ;
Seul ; pour prunelle ayant l'immensité sereine,
Regardant du même œil ce qu'un puceron traîne,
Ce que dévore un ver, ce qu'un ciron construit
Et le fourmillement des soleils dans la nuit ;
Volonté, d'où le monde en jets vivants s'élance,
Qui pour matériaux a la nuit, le silence,
Le vide, le néant, rien ; et pour canevas
L'infini reflétant de vagues Jéhovahs ;
Pensée aboutissant, lumineuse, aux prodiges ;
Moi gouffre où tous les moi tombent, pris de vertiges ;
Essence inexprimable en qui tout se confond ;
Tourbillonnement d'ombre et de lueur, au fond
D'on ne sait quoi de grand, de splendide et de sombre ;
Espèce de forêt de facultés sans nombre ;
IL est là, formidable, unique, illimité,
Stupéfiant les cieux de son énormité.

Et, sous le porche immense et brumeux de l'abîme,
Au degré le plus noir du chaos, sur la cime,
Tous les êtres créés, en haut, en bas, partout,
Astres, globes, édens, enfers dont le flot bout,
Les rochers, les volcans, les monts, les mers houleuses,
Les âmes, les esprits, les foules nébuleuses,
La bête dans les bois, l'ange dans l'éther bleu,
Se courbent effarés devant l'horreur de Dieu.

————

LA CITÉ DÉCRÉPITE

Dans cette ville où rien ne vit et ne palpite,
Comme dans une femme aujourd'hui décrépite,
On sent que quelque chose, hélas ! a disparu.
Les maisons ont un air fâché, rogue et bourru ;
Les fenêtres, luisant d'un luisant de limace,
Semblent cligner des yeux et vous font la grimace,
Et de chaque escalier et de chaque pignon
Il sort je ne sais quoi de triste et de grognon.
Des portes à claveaux du temps de Louis treize,
Des bonshommes de pierre avec pourpoint et fraise,
Des cours avec arceaux en anses de panier,

Force carreaux cassés, maint immonde grenier,
Des tours, de grands toits bleus sur des façades rouges,
Ce serait des palais si ce n'était des bouges,
Voilà ce qu'on rencontre à chaque pas ; et puis
D'affreux enfants tout nus jouant au bord des puits.
Quelques arbres malsains, tout couverts de verrues,
Percent le long des murs le pavé dans les rues.
Les écriteaux sont peints d'un gothique alphabet ;
Les poteaux à lanterne ont un air de gibet ;
Toits aigus, vastes murs, clochetons, girouettes,
Font sur le ciel brumeux de mornes silhouettes.
C'est surtout effrayant et lugubre le soir.
Le jour, les habitants sont rares ; on croit voir
Partout le même vieux avec la même vieille.
Dans ces taudis vitrés en verres de bouteille,
Dans ces trous où jamais le soleil n'arriva,
On entend bougonner le siècle qui s'en va.

————

LA SALLE ABANDONNÉE

En tâtonnant le sol du bout de mon bâton,
J'entrai.

        Tout était noir ; à peine pouvait-on
Distinguer, à travers les ombres étouffantes,
Le jour qui des volets rayait les blêmes fentes.
Tout sembla s'éveiller quand la porte bâilla.
Nul depuis soixante ans n'avait pénétré là.

Les meubles de santal, de citronnier, d'érable,
Dormaient sous la poussière épaisse et vénérable ;
Les miroirs détamés semblaient, sur les dressoirs,
Des morceaux de ciels blancs tout piqués de trous noirs,
Et me multipliaient en faces fantastiques
A travers des essaims d'immobiles moustiques ;
Au tremblement d'un pas dans cette ombre perdu,
Le lustre, avec un bruit de squelette pendu,
Au-dessus de ma tête entre-choquait ses prismes ;
Les vieux gonds de la porte avaient des rhumatismes.
Les lampas décloués, aux angles du plafond,
S'éploraient et flottaient tels que les vers les font
Les murs étaient tendus de toiles d'araignées ;
Les portraits noirs avaient des mines indignées ;
Tous les objets tremblaient dans un vague rayon
Et prenaient par degrés un air de vision,
Comme si l'on eût vu bouger et parler presque
Des personnages peints sur quelque sombre fresque

Une espèce de vieux, en habit d'Apollon,
Trônait, encadré d'or, au milieu du salon ;

5

C'était Louis, portant l'auréole qu'agrafe
Au front de tout césar tout historiographe,
Peint à l'âge où, prenant l'ennui pour compagnon,
Le grand roi, devenu Monsieur de Maintenon,
Gagnant de la perruque et perdant du panache,
Étant encor soleil, était déjà ganache.

Toute la salle avait gardé ce dernier pli,
Lugubre et froid, que fait en s'en allant l'oubli.
La cheminée était comme un tas de décombres ;
On ne sait quelle horreur sortait des fauteuils sombres
Où des spectres semblaient avoir passé la nuit.
Au fond de ce silence on entendait un bruit
Faible comme le pas des larves sur les cendres.
Des médaillons de dieux, d'Hercules, d'Alexandres,
Luisaient parmi des sphinx étrangement groupés ;
Sculptée au dossier d'or des larges canapés,
Cléopâtre montrait dans leur rondeur princière
Des seins que modelait mollement la poussière ;
Et sur la devanture informe des bahuts
Tityrus devisait avec Melibœus.

J'eus peur et je sentis comme une sombre lutte ;
Car ces vieilles splendeurs étonnent dans leur chute,
Les figures de l'ombre ont de sinistres yeux,
La ruine est terrible, et les mornes aïeux
Semblent jeter des cris avec leurs pâles bouches
Dans le délabrement de leurs luxes farouches.

THRASÉAS AU SÉNAT

Quand ce banni, jadis perdu dans les brouillards
Et dans les flots, parut parmi ces durs vieillards,
Ils frémirent, ainsi que l'herbe au pied de l'arbre.
Son souffle fut terrible et les fit tous de marbre ;
Il les pétrifia rien qu'en passant sur eux.
Ces hommes, qu'emplissait le passé ténébreux
Et dont plusieurs étaient courbés sous de vieux crimes,
Gardèrent l'attitude obscure des abîmes,
Et pâles, se sentant saisis par ce regard,
N'osèrent même plus lever leur front hagard.
Leur immobilité faite de violence
Se taisait. Et tragique, accablant leur silence
Du sombre et formidable orage de sa voix,
Il semblait, au milieu de ces faiseurs de lois
Plus aveugles encore, hélas ! que sanguinaires,
Une apparition secouant des tonnerres.
Tel surgirait, dans l'ombre où, sans geste et sans bruit,
Les larves du néant, les formes de la nuit.

Sont assises de brume et de rêves vêtues,
Un spectre qui viendrait parler à des statues.

28 mai 1876.

                              Je racontais un conte
A quatre ou cinq marmots, auditoire choisi,
Et j'en étais, je crois, à l'endroit que voici :
« ... Dans un instant où Dieu tournait le dos, le diable
« Se glissa sans rien dire et d'un air amiable,
« Ce qu'il fait très souvent, derrière le bon Dieu ;
« Il coupa dans le ciel un morceau de drap bleu,
« Et, pour cacher le trou, mit dessus un nuage... »
Jeanne m'interrompit. — Allons, Jeanne, sois sage,
Dit George, intéressé par le diable et par Dieu ;
Nous écoutons, tais-toi. — Jeanne s'en troubla peu.
Levant vers moi son doux regard qui fait ma joie :
— Je croyais que le ciel, dit-elle, était en soie.

A DES BAIGNEUSES

O femmes, la pudeur, c'est la honte sacrée.

Le lieu sombre et divin qui rayonne et qui crée,
Cette chair sous laquelle on aperçoit l'esprit,
Le ventre qui féconde et le sein qui nourrit,
Sont des mystères pleins d'épouvante et de charme.
C'est pourquoi votre œil roule une céleste larme ;
C'est pourquoi vous cherchez, loin des pas et des voix,
O baigneuses, l'abri silencieux des bois.
La nature sauvage et profonde vous couvre.
Votre robe inquiète en tressaillant s'entr'ouvre,
Puis tombe, et vous avez, le dernier voile ôté,
Peur de votre lumière et de votre beauté.
Si quelqu'un me voyait ! dit la nymphe ingénue.
Comme c'est effrayant d'être une aurore nue !
Et vous avez raison, belles, de vous cacher.
Vos corps exquis, plus frais que la fleur du pêcher
Frémiraient du regard d'un passant, faune infâme
Qui cherche la matière au lieu de chercher l'âme.
A toute belle chose il faut un vêtement.
L'œil de l'homme toujours guette en quoi se dément
La beauté, la vertu, le génie, et s'attache,
Sinistre, à la splendeur pour y trouver la tache.

Toute clarté, fuyant l'offense de nos yeux,
S'enveloppe d'un pli chaste et mystérieux,
Et l'on se sent farouche alors qu'on est suprême;
Et voilà pourquoi Dieu, sachant que l'astre même
A sa pudeur, et veut un voile auguste et pur,
Met sur la nudité des étoiles l'azur.

15 juillet 1876.

Ne vous figurez pas, ténèbres, que je tremble
Parce que vous venez le soir murer les cieux;
J'entends des voix parler tout bas dans l'ombre ensemble
Et je sens des regards sur moi sans voir des yeux;

Vous êtes malgré vous de rayons traversées;
L'espérance est mêlée à vos blêmes effrois;
Vous ne nous troublez point sous vos ailes dressées
Pas plus que les corbeaux n'ébranlent les beffrois.

O ténèbres, le ciel est une sombre enceinte
Dont vous fermez la porte, oui, mais l'âme a la clé !
Et la nuit se partage, étant sinistre et sainte,
Entre Iblis, l'ange noir, et Christ, l'homme étoilé.

23 novembre 1876.

A ce point de la vie où je suis arrivé,
L'insulte offense peu; cette chose qu'on nomme
Le laurier d'un poëte ou la gloire d'un homme
Dépend de l'avenir, non des contemporains.
Les louanges, ayant les affronts pour refrains,
Sont trop près d'un tombeau pour y faire grand'chose.
Et désormais ce bruit, injure, apothéose,
Doit par le penseur calme et grave, être écouté
Dans les lointaines voix de la postérité;
Car l'avenir seul dit le mot superbe ou sombre
Qui détrône une idole ou fait un dieu d'une ombre.

Lyrnessi domus alta, solo laurente sepulcrum

Siège de Paris. Décembre 1876

Livrée à tous les vents qui descendent du pôle,
Mon île est, au milieu de la mer, et la Gaule
S'y fait chêne et granit;
Elle est la grande roche altière et combattante,
Et le tonnerre y vient comme un roi dans sa tente,
Comme un aigle à son nid.

Jeté là par l'exil, mon vieil ami sévère,
Regardant l'éclair luire aux cieux que je révère
Comme un âpre ataghan,
J'ai souvent fait ce rêve : avoir ma sépulture
Dans cette formidable et farouche nature ;
Dormir dans l'ouragan.

Mais aujourd'hui qu'un souffle inconnu me rapporte
Dans ce Paris qui voit la bataille à sa porte
Et qui se tient debout,
Dans ce Paris où tout frémit, où rien ne tremble,
Qui s'emplit d'une pourpre immense et qui ressem
A l'urne où l'airain bout,

Je voudrais bien mourir sur ces remparts célèbres,
Afin qu'un jour je puisse, à travers les ténèbres
Murmurer : « O guerriers !
J'ai ma haute maison où s'abat la colombe,
Où vient l'aigle, au pays des chênes, et ma tombe
Au pays des lauriers. »

IV

TAS DE PIERRES

ÉCRIT SUR L'OMOPLATE D'UN SQUELETTE

*

Un cœur peut, comme un monde, avoir eu son désastre ;
Alors, dans le passé, sans trouble et sans frayeur,
Le pâle souvenir creuse, âpre fossoyeur ;
De la fosse qu'il rouvre il fait sortir un astre.

*

Voici que le matin, dont l'haleine est remplie
De brises qu'il répand sur la forêt qui plie,
Enfant vêtu de pourpre au sourire immortel,
Sur les étoiles d'or, flambeaux du grand autel,
Se hâte de souffler, comme un jeune lévite
Qui les éteint, de peur de les user trop vite.

*

Forêt Noire.

Le jeune chevrier rit dans les monts antiques ;
Et, traînant deux à deux des chariots rustiques,
Des bœufs inégaux vont sous les grands sapins verts,
Tristes d'être accouplés la tête de travers.

*

Une pelouse drue avec des arbres bas,
Un gros clocher de pierre au milieu du feuillage,
Des toits à fleur de champ laissant voir des grabats,
Des mares, du fumier, des coqs : c'est le village.

*

Une fleur en prison chez soi, quelle folie !
Le pot est bien plus laid que la fleur n'est jolie.

*

VÉNUS

O Dieu, soyez béni pour cette belle étoile !

*

Le beau soleil couchant, dans la nue élargi,
Semble un grand bouclier dans la forge rougi,
Et des mêmes rayons dore au coin du bois sombre
Le poëte qui chasse à la rime dans l'ombre
Et le voleur pensif qui rêve au nœud coulant
Les charrettes de foin, dans les chemins roulant,
Laissent leurs cheveux verts et flottants, à poignées,
Aux branches qui les ont au passage peignées.

*

Pied à pied, front sur front, et les rangs dans les rangs,
Sourds, furieux, pressés, l'un à l'autre adhérents

Comme la hache au bloc de chêne qu'elle entaille,
Les régiments épais se heurtent ; la bataille
Hurle, et d'égorgements le glaive se repaît ;
On jette aux flots les morts du haut du parapet ;
Et, tandis que le fleuve écume, et que la plaine,
Livrée aux chocs sanglants, s'emplit d'une âpre haleine,
Au centre du combat, sur le ciel clair du soir,
On voit dans la mêlée un cavalier tout noir
Qui sonne du clairon sur un pont couvert d'hommes.

*

Dans l'église de ....

L'orgue commence, voix profonde !
Un éclair d'harmonie éclate et disparaît.
Puis, comme en la mêlée et comme en la forêt,
Le bruit monte, tremble, s'écroule,
Et se redresse ainsi qu'un combattant debout,
Et, comme dans une urne embrasée où l'eau bout,
Les sombres voix croissent en foule.

Il semble qu'on ne sait quel attendrissement,
Devant la terre, champ de bataille fumant,
Où tant de douleurs se lamentent,
Ait saisi tout à coup l'airain farouche et froid,
Et qu'il veuille apaiser l'âme humaine, et l'on croit
Entendre des canons qui chantent.

*

Thérèse, votre amour montait aux cieux ; le mien
Brûlait mes os. Était-ce un mal ? était-ce un bien ?
Sur de telles amours, — on ne peut s'y soustraire,
La même cause amène un double effet contraire :
Nos deux cœurs sont changés ! hélas ! je me soumets.
Vous n'aimez plus, et moi, j'aime plus que jamais.
C'est fini. Nous brûlions différemment, Thérèse ;
Le souffle éteint la flamme et ranime la braise.

*

On cite de mémoire, on rit, on s'embarrasse,
On se défie à qui sait le mieux son Horace.
On parie, et, chacun a son tour, nous disons
Un des six premiers vers de l'Épître aux Pisons.

1845.

*

Vous me trouvez monotone
Avec mes quatrains, vraiment !
A mon tour si je m'étonne,
C'est de votre étonnement.

Sans que rien les puisse abattre,
Pour aller vous supplier,
Mes vers toujours quatre à quatre
Monteront votre escalier.

*

A UN CRITIQUE

Un aveugle a le tact très fin, très net, très clair ;
Autant que le renard des bois, il a le flair ;
Autant que le chamois des monts, il a l'ouïe ;
Sa sensibilité, rare, exquise, inouïe,
Du moindre vent coulis lui fait un coup de poing
Son oreille est subtile et délicate au point
Que lorsqu'un oiseau chante, il croit qu'un taureau beugle.
Quel flair ! quel tact ! quel goût ! — Oui, mais il est aveugle.

*

Que de religions profondément creusées
Pour t'enfouir, rayon que cherchent nos pensées !
Je veux te voir au fond de l'ombre, je ne puis ;
Dieu fit la vérité, mais l'homme a fait le puits.

*

Idée ! art, science, mystère !
O souffle de Delphe ou d'Endor,
poésie austère,
ous la royauté du sac d'or.
L'intérêt te fouette attelée
A sa charrette, ô muse ailée !
Il rit de toi, le ventre plein ;
Il te broie en ses mains félones,
Et du disque de tes colonnes
Fait la meule de son moulin.

*

Un jour, pensif, tourné vers l'obscur horizon,
Debout, parlant du haut de la colline verte
A tout un peuple ému près d'une fosse ouverte,
J'ai dit : — La mort n'a rien dont tremble la raison.
Les sages n'ont pas peur des ombres éternelles.
Ils savent que le corps y trouve une prison,
    Mais que l'âme y trouve des ailes !

*

O mes petits-enfants, ayez pitié des autres.
Anges là-haut, soyez en bas d'humbles apôtres,
Plaignez tous ces pieds nus meurtris aux durs pavés.
Georges, Jeanne, donnez tout ce que vous avez.

*

Être frère aux souffrants, être père aux petits.

*

Riche, donne ton bien ; pauvre, donne ton cœur.

*

De qui donne sa vie et son or aux plaisirs,
Aux femmes, aux chevaux, au jeu, l'aumône est rare :
Un prodigue toujours est doublé d'un avare.

*

Je ne suis pas un saint, je tâche d'être un juste.

*

En riant de la chair dans la chanson obscène,
L'âme est comme un forçat qui joue avec sa chaîne.

*

L'œil qui ne pleure pas laisse le cœur saigner.

*

La douleur se mesure à la grandeur du cœur.

*

..... L'enfant ne meurt qu'une fois, mais le père !
Il mourra tous les jours jusqu'à ce qu'on l'enterre.

*

Le premier serviteur du père, c'est le fils.

*

L'esclave prosterné s'avilit et m'éclaire.

*

Quelquefois on échoue où l'on croit débarquer.

*

Qui change en y perdant change par conscience.

*

Tel imbécile prend le dégoût pour le goût.

*

La vie est un remords quand elle est inutile.

*

Ma destinée étant de mourir en exil,
Je me suis arrangé sous un rocher farouche
Mon tombeau. Comme on fait son sépulcre, on se couche

*

Le penseur solitaire au désert est pareil ;
Sombre malgré l'espace et malgré le soleil.

*

Dieu, qui créa la nuit, ne peut punir l'erreur.
Toi qui t'es seulement trompé, sois sans terreur.
L'homme un jour contre lui, dans ces ombres si hautes,
N'aura pas ses erreurs, mais il aura ses fautes.

*

On distingue, malgré son mystère et ses voiles,
Dieu par la claire-voie immense des étoiles.

*

Tous les hommes sont l'Homme, et tous les dieux c'est Dieu.

*

O folie ! ô génie ! effrayants voisinages !

*

La forme du bonheur change avec les années.

*

L'homme scande ici-bas le vers qu'il chante au ciel

*

La vie est un torchon orné d'une dentelle.

V

SCÈNES & DIALOGUES

FRAGMENTS

UNE AVENTURE DE DON CÉSAR[*]

I

PREMIÈRES NOTES

A Madrid. Une rue des faubourgs.

DON CÉSAR.

Dans ce qui fut ma poche et ce qui n'est qu'un trou,
Pas le moindre liard se heurtant contre un sou !
Votre bruit, ô sequins, vaut le luth et le cistre.
Une position entre toutes sinistre
Est celle d'un mortel qui n'a dans ses haillons,
Sequins, rien qui ressemble à vos gais carillons.

Don César en guenilles. Passant magnifiquement vêtu, rapide et inquiet. — Don César l'admire et confronte ses haillons avec la splendeur du passant. Monologue envieux. Le passant de son côté le regarde. Tout à coup le passant l'apostrophe.

LE PASSANT.

— Changeons d'habits.

DON CÉSAR, stupéfait.

Hein ? quoi ?

LE PASSANT.

Combien veux-tu me vendre ce costume ?

DON CÉSAR, regardant ses loques.

Un

LE PASSANT.

Dis.

DON CÉSAR, montrant sa veste.

Ce pourpoint est posthume.
Jadis il exista, maintenant il est mort.

Montrant sa cape.

A travers ce manteau le vent hideux me mord ;
Et je puis à travers mon feutre voir les astres.

LE PASSANT.

Et combien en veux-tu de piastres ? dis !

DON CÉSAR.

Des piastres
Par-dessus le marché !

Consentement ahuri et joyeux. — Le passant se met à déshabiller fiévreusement don César.

DON CÉSAR.

Prenez garde !
Vous dévoilez, aux yeux du peuple épouvanté
Et malgré ma pudeur en pleurs, ma nudité.

Tous deux se déshabillent, puis se rhabillent. César est un seigneur et le passant un gueux.

[*] En 1839, l'année qui suivit la représentation de *Ruy Blas*, Victor Hugo avait eu l'idée d'écrire une comédie sous ce titre : UNE AVENTURE DE DON CÉSAR.
Il n'en a laissé que ces quelques fragments.

DON CÉSAR, considérant le passant en guenilles.

Quelle mine effroyable j'avais !

Le passant disparaît. Don César fait quelques pas se carrant dans ses beaux habits. Survient une escouade d'alguazils qui l'entoure.

LES ALGUAZILS.

Ah ! le voilà ! C'est lui. — Repincé ! — Suis-nous, chien !

DON CÉSAR.

Messieurs, c'est une erreur, mais c'est une aventure.
Je l'accepte.

Le gentilhomme qui a changé d'habits avec Don César
était un condamné à mort évadé de la Capilla la veille de
son exécution.
Don César a beau nier, on l'emprisonne.
Une belle fille lui offre sa main, riche, noble, etc.
— Éblouissement de Don César. Tout s'explique. La belle
fille veut ce mari afin d'être veuve, état charmant. Un gen-
tilhomme qu'on va pendre lui convient.

II

GOLBORNOS

DON CÉSAR.

Né du choc d'une gueuse avec un capitaine,
Drapé depuis vingt ans d'un torchon de futaine
Dont lui-même jamais n'a connu la couleur,
Académicien, espion et voleur,
L'honneur de l'Hélicon, Golbornos, cuistre illustre,
Avec son dos en voûte et sa jambe en balustre,
Épouvante Madrid de son accoutrement.
Une truie eût choisi ce penseur pour amant.
On admire, parmi nos gens couverts de teignes,
Son pourpoint plus troué qu'une poêle à châtaignes.
Il marche, grave et fier, comme un consul romain,
Mangé par ce bétail qui paît le corps humain
Et rime avec ce fat qui vola l'Amérique :
Et c'est un personnage étrange et chimérique.
Il a mis un péage, en son instinct profond,
Sur quelque âpre montée ou sur quelque vieux pont ;
Là, vers le soir, à l'heure où vont passer les coches
Bourrés de voyageurs et chargés de sacoches,
Il s'assied dans un bois sur des touffes de fleurs,
Et seul, pensif, les pieds sur terre, l'âme ailleurs,
Tandis que le soleil des hêtres se retire
Et que Melibœus va souper chez Tityre,
Tandis que les troupeaux rentrent par les ravins,
Et qu'on chante Bacchus chez les marchands de vins,
Lui, laissant sur la route errer ses yeux obliques,
Il songe, au bruit flatteur des voitures publiques,
Et, carabine au poing, écoute ce duo
Où le fouet dit clic-clac et le cocher hu ho,
Puis, armant son fusil de l'air le plus honnête,
Il sort et crie aux gens : Messieurs, c'est tant par tête.

III

GOULATROMBA

Il est assis sur un banc, rêvant avec mélancolie. Golbornos lui frappe
sur l'épaule.

GOLBORNOS.

Que fais-tu là ?

GOULATROMBA.

             Je suis
Un être qui médite au sein profond des nuits.
Je m'amoindris, mon cher ! je songe à mes désastre
Ami, je sens s'user mes habits sous les astres,
Ma peau sous mes habits, mon âme sous ma peau ;
Mon chapeau sur mon front, mon front sous mon chapeau
S'usent. A chaque instant notre moi meurt et tombe.
La vie à petit bruit nous râpe dans la tombe.
Nous sommes des haillons cachant des ossements.
Nous fûmes autrefois des maroufles charmants,
Et l'on disait de nous : — Ces gueux ont des Lucindes !
Les truffes et l'amour, les femmes et les dindes,
La jeunesse, les chants, le vin, tout est pour eux. —
Aujourd'hui, nous avons des aspects douloureux.
Le temps, vieux juif, prend l'homme avec sa patte infâme
Et nous lime, et nous rogne, et rend à Dieu notre âme
N'ayant plus d'effigie et n'ayant plus le poids.

IV

GOULATROMBA *s'asseyant au coin de la cheminée de l'hôtellerie.*

Particularité de cette vie humaine :
Dès l'aube on marche, on rôde, on flâne, on se promène,
On s'éreinte, et le soir, assis sur un vieux banc,
On aime à s'élargir devant un feu flambant.
O cheminée ! Ici chante la lèchefrite ;
Ici, par le goulot trop étroit qui m'irrite,
Le vin coule à plein verre et rit frais et vermeil ;
Ici brille, nimbé d'un rayon de soleil,
Le beau cuisinier rose orné d'un ventre énorme ;
Ici, dans un brasier fait d'une moitié d'orme,
Un vieux blason rougit sur la plaque de fer ;
Ici, noire machine, et ployant sous la chair
Comme ploie en octobre un pommier sous les pommes,
Montrant sous un beau jour le chien, ami des hommes,
Ardent, saignant, joyeux, de viandes encombré,
Chargé du perdreau rouge et du pluvier doré
Et du chevreau courant hier encor sur la roche,
Devant les clairs fagots grince le tournebroche !

———

V

GOULATROMBA. — LE DUC

Une rue déserte.
Entre le duc, vieux et cassé, suivi de deux robustes laquais.
Il aperçoit Goulatromba.

LE DUC.

Ah ! c'est toi, drôle ?

Aux laquais.

Holà, vous autres !

Il s'avance, menaçant, sur Goulatromba.

Tu vas dire
Tout ce que tu sais, toi !

GOULATROMBA.

Duc, je vous veux du bien.
La violence est laide et c'est un sot moyen.

LE DUC.

Nous allons voir !

GOULATROMBA.

Tenez, l'autre jour, vous triplâtes
Les coups sur mon échine et sur mes omoplates,
Vous me fîtes rosser, de la nuque aux talons,
Par six laquais taillés comme des Apollons.
Eh bien ? ai-je parlé ? Nullement. Vous n'obtîntes
De moi que des mots froids, confus, des demi-teintes.
De révélations, point. Des faits mal liés ;
Fort peu de jour enfin sur ce que vous vouliez.
Laissons le bâton, fi ! Parlons en gentilshommes.
Honorons, vous et moi, les maisons dont nous sommes.
Duc, je vais vous donner des avis obligeants.
Pour faire comme il sied jaser d'honnêtes gens,
Rien n'est tel qu'un écu. L'écu qui sonne et brille
Fait qu'un bègue bavarde et qu'un poisson babille,
Et donne une subite éloquence aux muets.
On obtient : je vous aime, au lieu de : je vous hais
Pour un écu. Devant l'écu doré sur tranche,
Une cruche salue, une cruche se penche
Et verse mollement tout ce qu'elle contient.
Vous êtes dans la nuit ; un noir souci vous tient ;
Vous allez à tâtons au hasard sur la route ;
Duc, voulez-vous voir clair où vous ne voyez goutte ?
Faites luire à mes yeux, acceptant mon conseil,
Un écu, je vous fais resplendir le soleil !
Je sais tout, je dis tout, vous saurez tout !

LE DUC, *fouillant dans sa poche et lui donnant un écu.*

Tiens, drôle !

GOULATROMBA, *prenant l'écu.*

Un seul ?

LE DUC.

En voilà deux.

GOULATROMBA.

Rien que deux ?

LE DUC.

Çà, l'épaule
Te démange. Tu veux des coups ?

GOULATROMBA.

Non.

LE DUC.

Voyons, dis
En voici trois. Es-tu content?

GOULATROMBA.

J'en voudrais dix.
Je serais plus content.

LE DUC.

Dix écus, misérable!

GOULATROMBA.

Si vous voulez avoir un récit admirable,
Donnez-moi dix écus. Moyennant dix écus,
Je vais, comme autrefois Hercule chez Cacus,
Chercher la Vérité qui dans son puits se cache,
Je l'empoigne aux cheveux, je la prends, je l'arrache,
Et je l'apporte ici toute nue à vos yeux,
Pleurante et rougissante ainsi que l'aube aux cieux!
Bref, dix écus, je parle, énonce, indique, expose,
Je démontre et je prouve, et vous savez la chose!

LE DUC.

Drôle! fut-on jamais volé comme cela!
Dix écus!

(Il les donne.)

GOULATROMBA, à voix basse.

Éloignez les hommes qui sont là.
Vous êtes un seigneur illustre et magnifique.
Vous ne voudriez pas que devant eux j'explique... —
J'expliquasse est fort laid, mais ce serait mieux dit.

Le duc fait un signe aux valets, qui s'éloignent.

GOULATROMBA, prenant son gros bâton noueux
caché derrière une borne.

Il me faut cent écus!

LE DUC, appelant.

A l'aide! à moi!... — Bandit!

GOULATROMBA.

Ils sont loin! —

Avec douceur.

Je vous aime ainsi qu'une maitresse;
Lorsque je songe à vous, je pleure de tendresse,
O mon prince, ô seigneur bienfaisant et serein!
Vous ne voudriez pas me faire le chagrin
De vous rompre les os pour cette maigre somme

Jouant avec son bâton.

Il me faut cent écus! Sinon, je vous assomme!

MAGLIA

I

MAGLIA.

Pardieu! depuis trente ans je feuillette et tourmente
D'une nocturne main les exemplaires grecs;
J'apprends par cœur les grands, je relis les corrects,
Je les fouille et les pille et prends note sur note,
Je vide en mon esprit les poches d'Aristote;
Au bois du Pinde, où j'erre armé d'un gros bâton,
J'ai retourné vingt fois le gousset de Platon;
Je fréquente Solon, Cratès et Pythagore;
Je vais souvent la nuit cueillir la mandragore
Sous le gibet où pend le voleur endormi;
Eh bien! toujours, partout, j'ai trouvé, mon ami,
Ceci comme le fond de toutes les sagesses :
Celui que le destin comble de ses largesses,
Pour qui sont faits les prés, les vallons, les ruisseaux,
Et les pourpres du soir et le chant des oiseaux;
Celui qui rit au nez des rhéteurs du Portique,
Celui dont Jupiter n'est que le domestique,
Celui qui n'a jamais de trous à son manteau,
Qui passe en souriant à côté d'Alecto,
Les yeux pleins de lumière et le front dans les nues;
Celui qui voit danser les muses toutes nues;
Le sage, le vainqueur, et le juste, et l'heureux,
Le satrape, le roi, c'est un homme amoureux!

* Maglia, autre personnage de fantaisie, avec lequel Victor Hugo
voulait aussi faire une comédie et dont le nom se retrouve sur de
nombreux feuillets des manuscrits.

II

MAGLIA.

La vie, ô gentilhomme, est une comédie
Étrange, amère, gaie, effroyable, hardie,
Taillée au vieux patron des pièces du vieux temps,
Avec des spadassins, avec des capitans.
La morale en est sombre et cependant fort saine.
Tout s'y tient. La vertu, dès la première scène,
Tombe dans une trappe, et la richesse en sort ;
Chacun pousse son cri pour se plaindre du sort,
Le savant brait, le roi rugit, le manant beugle ;
Le mariage est borgne et l'amour est aveugle,
La justice est boiteuse et l'honneur est manchot.
L'enfer, dont on voit luire en un coin le réchaud
Qui jette au front du riche un reflet écarlate,
De toutes les vertus a fait des culs-de-jatte.
Le bravo guette un duel, l'amoureux un duo ;
L'eunuque — c'est l'envie — enrage, crie : « Oh ! oh !
Quel scandale ! » et pour rien prend des airs effroyables.
Toutes les passions, qui sont autant de diables,
Ont leur rôle, tantôt dolent, tantôt pompeux.
C'est beau ! Figure-toi la pièce, si tu peux ;
Elle a le cœur humain pour scène, et pour parterre
Elle a le genre humain.

       A la fin du mystère,
Le rideau tombe. On siffle. — Absurde ! tout est mal !
On demande l'auteur et l'acteur principal.
Le riche veut ravoir son argent. Cris, tapage.
— L'auteur ! l'auteur ! nommez l'auteur ! à bas l'ouvrage !...
Alors, apparaissant devant la rampe en feu,
Satan fait trois saluts, et dit : « L'auteur, c'est Dieu. »

III

MAGLIA.

Se marier !... C'est mettre en cellule son âme !
Écoute, enfant : le fond de l'homme, c'est la femme.
Pour moi, je dis toujours, lorsque je veux savoir
Si je dois sur le sort d'un homme m'émouvoir,
Je dis toujours avant de plaindre un personnage,
Non : quel fut son destin ? mais : quel fut son ménage ?
O blessés douloureux, ô chassés, ô proscrits,

O vous les grands souffrants dont on entend les cris,
Gigantesques vaincus de l'histoire, Encelades
Terrassés au milieu des sombres escalades,
Hommes des fiers combats, hommes des durs trépas,
Je vous déclare heureux et je ne vous plains pas
Si, côte à côte avec vos grands malheurs, vous n'eûtes
La contrariété de toutes les minutes.
Fils, les petits ennuis vous prennent corps à corps.
Fils, pour l'abattement des hommes hauts et forts,
Les coups d'épingle font plus que les coups de foudre.
Vois-tu, dans un acide intime se dissoudre,
Avoir toujours le bât qui blesse à quelque endroit,
Être en tout rebroussé, n'avoir pas même droit
De geindre et de remplir de plaintes la contrée,
Nulle méchanceté n'étant là démontrée,
Et, pour gâter la vie, avenir et présent,
La contradiction des humeurs suffisant,
Avoir pour vis-à-vis deux yeux fixes maussades ;
Rendre, la patience échappant, les ruades ;
Lutter ; être bourreau tout en étant martyr ;
Quereller, disputer, chamailler ; se sentir
L'âme attelée avec une autre en sens inverse ;
Faire la paire avec une femme diverse ;
Toujours rencontrer noir chaque fois qu'on dit blanc,
Voilà le désolant, l'écrasant, l'accablant !
On a beau faire et dire, être sage et robuste,
On a beau se résoudre à vivre comme un buste,
Se dire : — Soyons calme, ayons des angles ronds,
Vivons, tirons-nous-en le mieux que nous pourrons ; —
Bien s'aplatir, rentrer sous soi son caractère...
On finit par s'abattre et par tomber à terre,
Saignant, morne, épuisé, vide, éreinté, fourbu.
Je ne sais si Socrate est mort pour avoir bu,
Las des rêves menteurs que le réveil dissipe,
D'un seul coup la ciguë ou lentement Xantippe.

IV

MAGLIA.

Préférer cent écus à deux cents coups de trique.
A toucher ses loyers être géométrique,
Souhaiter peu qu'un roi revive en un dauphin,
Se chauffer ayant froid, se gaver ayant faim,
Aimer les sermons courts et la bonne cuisine,
S'envoyer des baisers de voisin à voisine,
Faire de son corset sa boîte à billets doux,
Adorer une vache étant chez les indous.
Mettre, si l'on est juge, un rustre à la torture.
Tout cela c'est fort simple et c'est dans la nature.

Mais ce qui m'exaspère et ce que je ne puis
Admettre, c'est qu'ayant dans ton jardin un puits,
Si ta femme te trompe, ou duchesse ou fermière,
Tu ne l'y flanques pas la tête la première !

———————

V

MAGLIA.

Serais-je mécontent ? Moi mécontent, non pas !
Parlant à ma personne, ici je me déclare
Que je suis jeune, beau, charmant, illustre et rare,
Superbe et triomphant dans mes ambitions !

Presque tous les ennuis, les désillusions,
Qui rendent le cœur triste et l'existence blême,
Résultent des aveux qu'on se fait à soi-même.
On se dit : je suis vieux. C'est fini, l'on est vieux ;
La patte d'oie éclot en gerbe au coin des yeux,
Et puis les cheveux gris poussent que c'est merveille.
On s'endort en disant : je suis bête ! On s'éveille
Stupide. On dit, rêveur et sans savoir pourquoi :
Je crois qu'en général on se moque de moi !
C'est bon, on ne voit plus qu'amis raillant vos fautes,
Que gens pouffant de rire et se tenant les côtes ;
Un enfant au maillot vous laisse convaincu
Qu'il s'est gaussé de vous. On croit être cocu ?
Votre femme à l'instant vous taille l'uniforme.
On croit être bossu ? Gageons qu'un dôme énorme
Vous pousse en moins d'un an au beau milieu du dos.
On se dit un beau soir en tirant ses rideaux :
Je suis malade. On a la fièvre tout de suite.
On dit : je suis dévot ! C'est fait, on est jésuite.
On s'écrie un jour : bah ! je n'aime plus Suzon,
Ou Margot. On se sent dans le cœur un glaçon,
Et l'on tombe en trois jours dans la mélancolie
D'un chien qui n'aime plus personne et qu'on oublie.
Du froid qu'on croit avoir on est toujours transi.
La force, c'est la foi. Morale de ceci :
L'homme sur cette terre, humble boule aplatie,
Joue avec la Fortune une rude partie ;
Cachons nos cartes. Perte ou gain, tenons-nous bien.
Même avec mauvais jeu, ne convenons de rien.
Rien n'est plus maladroit, dans ce monde de peines,
Que ces consentements aux misères humaines ;
Le mal que nous rêvons nous épie en effet,
Et tout ce qu'on se dit, le diable nous le fait

———————

LES DEUX HONNEURS

Le duc Arnould, épris de Margaretha, ne lui laisse, pour sauver la vie de son père que cette alternative : ou elle sera à lui, ou la ville assiégée se rendra.

MARGARETHA.

Il faut que je lui cède ou que vous lui cédiez.

BERTHOLD.

Cédez-lui. Quant à moi je ne rends pas la ville.
Altesse, je n'ai point la manière incivile,
Mais expliquons-nous bien et causons toutefois.
Si le hasard, tenant sa balance à faux poids,
Met dans les deux plateaux mon honneur et le vôtre,
S'il faut se décider, et choisir l'un ou l'autre,
Je vous déclare ici, moi soldat, moi seigneur,
Que je préférerai, madame, mon honneur.
Vous êtes fiancée et vous dites : Mon âme
Appartient à celui dont je serai la femme.
Vous êtes la beauté. Votre honneur, c'est l'amour.
Moi je suis le devoir, muré dans une tour.
L'honneur des femmes, c'est un parfum qui s'envole,
C'est un souffle, un rayon, une frêle corolle
Que le caprice fane en venant s'y poser ;
C'est une fleur qui meurt sous le pli d'un baiser.
On passe, on dit : C'est bien ; elle est déshonorée
Et l'on rit. Et la femme éclatante, admirée,
Radieuse, superbe, et mise en liberté,
N'en a que plus de joie avec plus de beauté.
Mais, Christ ! il n'en est pas ainsi de ce qu'on nomme
De ce mot effrayant et beau, l'honneur d'un homme !
Madame ; quand un fils d'une ancienne maison
Souille par quelque fuite ou quelque trahison
Son vieux nom qui faisait les bannières plus blanches,
Quand un chêne s'abat avec toutes ses branches,
Quand un baron s'écroule avec tout son passé,
L'empereur songe, pâle et le sourcil froncé,
Les soldats sous la tente ont de sinistres rêves,
Ce cri : malheur ! malheur ! sort du fourreau des glaives,
Les donjons sur les monts en parlent mécontents,
Et la chevalerie en retentit longtemps.
Un homme flétri fait une race ternie,
Et tout le vieil éclat n'est plus qu'ignominie.
Le félon sent l'opprobre habiter sous son toit,
Et, s'il regarde au mur de son manoir, il voit,
Spectres que le vent pousse avec de sourds murmures,
Tous ses aïeux pendus aux clous de leurs armures.
A côté de mon nom, qu'est-ce que votre cœur ?

MARGARETHA.

Vous n'avez jamais eu de femme ni de-sœur !

———

GAVOULAGOULE

I

GAVOULAGOULE.

Les êtres que j'admire avant tout dans ce monde,
Ce sont ces affreux gueux qui n'ont rien ici-bas ;
Des poches, point d'argent ; des bottes, point de bas ;
Ce sont ces chenapans, ce sont ces grands artistes
Qui sortent le matin sans un liard, pas tristes,
Et roulent tout le jour, dans Paris vaste et noir,
Ce problème effrayant : — A sept heures, ce soir,
Entrer chez Flicoteaux comme les autres hommes,
Et jeter ce grand cri : Garçon, bifteck aux pommes !
L'un se déguise en veuve, et, d'un front solennel,
Pleure dans les maisons son mari colonel ;
L'autre racle un crin-crin dans les Champs-Élysées ;
L'autre, gai, fait grimper un singe à vos croisées
Qui décroche la montre et qui reçoit un sou ;
L'autre, poëte, rôde avec l'air d'un vieux fou,
Vous offre un acrostiche et vous prend votre bourse.
Quel réveil ! un grabat, rien, aucune ressource !
Quel but ! trois plats au choix avec un carafon !
Pour l'atteindre, blanc, noir, l'atroce et le bouffon,
Ils imaginent tout, ils font tout ; ils dépensent
Talent, génie, esprit ; dînent ; puis recommencent
Le lendemain, sans bruit, sans cris, sans s'étonner,
Titans du ventre creux, Sisyphes du dîner !

———

GAVOULAGOULE.
(Debout, contemplant avec émotion la bouteille.)

Le pêcheur bas-breton tout mouillé par la mer
Séchant ses durs habits devant un feu de landes,

L'académicien sous quatre houppelandes,
Un écolier qui voit Goton mettre ses bas,
Barabbas quand le mob délivra Barabbas,
Malvina près d'Arthur assise sur la mousse,
Ne sont pas pénétrés d'une chaleur plus douce,
Ne sentent pas en eux plus de charmant émoi
Et plus d'amour que moi, bouteille, devant toi !
Bouteille ! esprit du sot ! babil de l'hypocrite !

(Il s'assied, emplit son verre et boit.)

Pour savoir qui d'entre eux a le plus de mérite,
Supposons que les pots passent un examen.
Le ciboire dira : Très chers frères, amen !
La jarre dit : je mets l'huile dans vos lentilles ;
La cruche dit : je mène aux fontaines les filles
Pour les faire embrasser par les garçons. — Morbleu !
Dit la marmite, moi, je mets le pot-au-feu,
Je suis utile aux vieux pour enfouir des sommes.
Toi, bouteille, tu dis : je rends heureux les hommes !

(Il reboit.)

Buvons ! buvons ! Malheur au lugubre crétin
Qui se fait sobre afin d'apprendre le latin,
La sagesse, le grec, la vie et l'orthographe,
Et qui vit tête-à-tête avec une carafe !
Bois de l'eau, tu sauras ; bois du vin, tu riras.
Foin du savoir ! Gaîté, viens, je t'ouvre les bras !
Dieu mit la Vérité laide, nue et très vieille,
Au fond d'un puits, la joie au fond d'une bouteille.

(Il rereboit.)

Quelle bêtise ! On dit : être heureux comme un roi !
Un trône est peu de chose ; on n'a rien devant soi.
Est-on bien assis là ? peut-être. Mais on boude ;
Pas le moindre buffet pour y poser son coude.
Pour moi, je le déclare ici publiquement,
Parmi tous les mortels nés sous le firmament,
Je tiens pour le plus grand et le plus respectable
Non l'homme qui s'assied, mais l'homme qui s'attable.

(Saisissant et contemplant sa bouteille.)

Je te bénis, ô toi par qui l'on bat les murs !
Mamelle où nuit et jour pendent les hommes mûrs
Comme les blonds enfants pendent au sein des mères !
Ventre mystérieux d'où sortent les chimères,
Les rêves, les projets, les quarts d'heure dorés !
Vase admis par Noé dans les vases sacrés !
Miroir où nous voyons dans la suave orgie,
Rire en face de nous notre bouche élargie !

———

III

GAVOULAGOULE.

(Un jour où il a le sac.)

A table! officions! Alleluia pantoufle!
Hosanna mistanflûte! et saute le bouchon!
A table! Aux clous chapeaux et paletots! Louchon
Accroche ton crispin près de ma laticlave.
En séance. Frappez le vin, et non l'esclave.
Paix au monde! Je bois. Je ne suis pas cruel.
Hurrah! Monsieur Véry, je suis Pantagruel!
Buvons avec grandeur et sans impatience.
Au jour du jugement, sur votre conscience
Ayez plus de perdreaux, mortels, que de pigeons.
Je mange, vous mangez, ils mangent, nous mangeons!
Que l'Alhambra paraisse, et le Généralife!
Si Bouillon est un duc, homard est un calife.
Emplissez nos cerveaux de palais et d'azur,
Vins! Montrez-nous Goton planant dans l'éther pur!
Peuple! j'emplis ma panse et je deviens énorme.
Je deviens rentier, porc, homme d'état, difforme,
Crétin, triple animal, et pilier de cafés.
Mon âme étouffe et meurt sur les dindons truffés.
Je suis un être heureux, un imbécile, un ventre.
La bourgeoisie en nous avec la mangeaille entre.
Foin du poëte maigre et du prophète à jeun!
Foin des blêmes voyants qui, loin du sens commun,
Des chapons, des faisans, et du punch à la glace,
S'en allaient, dans le but de voir Dieu face à face,
Au risque de cogner quelque lion bourru,
Souper d'un peu d'eau claire avec un oignon cru!

LE COLIMAÇON

— Jeune homme, entends ceci: Pour peu qu'on m'en priât,
Je frapperais un coup dans le notariat!

— Vous en êtes un membre auguste.

                            — Scandalise
Le canton, si tu veux ; avec le nom de Lise
Je vais faire un éclat.

              — Lise?

                    — Tu la connais?

— La belle enfant qui met de si jolis bonnets,
Qui rit dans le soleil comme une mouche heureuse?

— Justement.

              — On dirait une tête de Greuze,
L'Adolescence.

              — Un cœur sans ruse et sans apprêts.
C'est tout neuf!

       — Et puis?

              Lise est adorable.

                    —Après ?

— Je suis riche.

              — Elle n'a qu'un pauvre toit de chaume.

— Je l'épouse!

              — O notaire, écoutez-moi ! Le dôme
De l'Institut, la glu souillant les alcyons,
Le rire des Verrès et des Trimalcions,
Le spondée écrasant le dactyle, les gueuses
Dont on lustre le vol des frégates fougueuses,
L'oubli tuant Shakspeare à Stratford-sur-Avon,
Toutes ces pesanteurs sont bulles de savon,
Gaz légers, folle avoine, étincelle de l'âtre,
Spirale de fumée au fond du ciel bleuâtre,
Près de l'ennui navrant, fatal, démesuré,
Qu'inspirent, sous le ciel radieux et sacré,
En présence de l'aube ardente et rougissante,
Aux filles de seize ans les maris de soixante !

— Je m'en moque. Ton style est funèbre aujourd'hui !

— Notaire, la vengeance est fille de l'ennui.

— Ta! ta! ta!

              — Pertinax embête Galatée.

— Tu m'insultes !

              — L'ennui, c'est la bave argentée
Que le reptile inflige à la fleur. Les amours
S'indignent. Aussi quel résultat ! J'ai toujours
Soupçonné, lui voyant sur le front quelque chose,
Que le colimaçon est mari de la rose.

JACQUOT

JACQUOT, sept ans ; CHIQUOT, treize ans.

JACQUOT.

Oui, je suis amoureux ! De Nini.

CHIQUOT.

                        C'est déjà
Très bien. Jacquot épris de Nini ! Quel âge a
La belle qui te fit au cœur cette blessure ?

JACQUOT.

Nini ?

CHIQUOT.

Nini

JACQUOT.

Cinq ans.

CHIQUOT.

            Cinq ans. C'est ta mesure !
Et, quand vous êtes seuls tous deux, que faites-vous ?

JACQUOT.

Nous jouons dans le sable et nous faisons des trous.

CHIQUOT.

Et la vois-tu souvent, celle que tu préfères ?

JACQUOT.

Tous les jours. Nous avons mis toutes nos affaires
Derrière un paravent au fond d'un corridor.
Nous avons un grand chose avec du papier d'or.
Nous collons sur le mur des petites images,
Napoléon, Louvel, le bon Dieu, les trois Mages.
Ça nous fait des tableaux... Nous disons : N'entrez pas !
Nous avons un gros livre où nous lisons tout bas ;
C'est des Romains, Caton, Brutus, la République ;
Elle ne comprend pas toujours, et moi j'explique.
Nous nous serrons tout près et nous nous réchauffons.
Nous habillons le chat avec de vieux chiffons,
Et puis nous le couchons auprès de la poupée.
Nini gronde le chat quand sa robe est fripée,
Et, l'autre jour, le chat m'a mordu jusqu'à l'os.
Et des fois nous allons jouer dans le grand clos ;
On nous y laisse entrer quand nous sommes honnêtes,
Et nous cherchons dans l'herbe, et nous prenons des bêtes.

CHIQUOT.

Ce sont les premiers temps d'un véritable amour !

JACQUOT.

Nini chante. Des fois nous jouons au tambour.
Je lui fais peur, je prends une voix de rogomme.

CHIQUOT.

Et lui dérobes-tu des baisers, mon bonhomme ?

JACQUOT.

Qui ça ?

CHIQUOT.

        Des baisers, quoi ! De tout temps les garçons
Ont embrassé le sexe.

JACQUOT.

                    Oh ! nous nous embrassons !

CHIQUOT.

Et puis après ?

JACQUOT.

Après! nous mangeons. Je déjeune,
Et je lui donne un peu de ma viande.

CHIQUOT.

C'est jeune!

JACQUOT.

J'ai fait pour notre chambre un dais en cuir verni ;
C'est moi qui le soutiens de mes deux mains ; Nini
Ne pourrait pas, elle est forte comme une mouche ;
Et, comme j'ai les bras en l'air, elle me mouche.

TABLE

IV

TAS DE PIERRES

V

SCÈNES ET DIALOGUES. — FRAGMENTS

9 781018 662732